Stefanie Bacher

Rückkehr ins Karwinkel

Stefanie Bacher

Rückkehr ins Karwinkel

Erinnerungen, Analysen und andere Träume

Bibliografische Information der Deutschen Nationalbibliothek: Die Deutsche Nationalbibliothek verzeichnet diese Publikation in der Deutschen Nationalbibliografie; detaillierte bibliografische Daten sind im Internet über http://dnb.dnb.de abrufbar.

https://zwischenreich.com

Verlag: BoD · Books on Demand GmbH, Überseering 33, 22297 Hamburg, bod@bod.de

Druck: Libri Plureos GmbH, Friedensallee 273, 22763 Hamburg

ISBN: 978-3-7693-7583-1

Inhaltsverzeichnis

…und die findigen Tiere merken es schon, dass wir nicht sehr verlässlich zu Haus sind in der gedeuteten Welt.

Rainer Maria Rilke – aus den Duineser Elegien

Teil I

Dreieck der Weiblichkeit

„Das arme Baby, das hat ja gar keine Mama!"
Meine Schwester beugt sich über die Wiege und ist
voll Mitgefühl für mich wenige Tage altes Wesen.

Diese viele Male wiederholte Anekdote meiner
Ankunft im groß- und elterlichen Heim ist für mich
in der Küche meiner Oma Luisl verortet: Meine Mutter kommt mit mir aus dem Gang in die Küche eingebogen, dort warten sie alle: Opa Gustl, Oma Luisl
und meine Schwester Eva, vielleicht hat sogar noch
Onkel Peter Platz gefunden. Mein Vater ist an der
Garderobe hinter der Haustüre, er kommt nach meiner Mutter ins Haus, und räumt noch die Auto-
schlüssel weg. Jetzt wollen alle die neue Erdenbürge-
rin bestaunen und in diesen Moment drängelt Eva
sich vor und setzt mit diesem Spruch das Motto.
Wenn ich heute diese Szene erzähle, schnappe ich
fast automatisch ein: „Und so ist es auch geblieben!",
hinterher, manchmal sage ich es laut, manchmal
denke ich es nur. Wenn meine Mutter es erzählte,
dann folgte darauf, wie an einer Kette aufgefädelt,
die nächste Anekdote: dass sie nie den Kinderwagen
schieben durfte, weil Evilein das nicht duldete. In

diese Klage mischte sich Mutterstolz über Evas anscheinend fürsorgliches Verhalten, aber auch ein Moment der Kleine-Mädchen-Konkurrenz, weil mein Schwesterherz sie nicht ans neue Spielzeug gelassen hatte.

Im Kindergarten war meine damals dreijährige Schwester nicht, weil meine Mutter sie beim Abholen einige Male heulend auf dem Schrank geparkt vorgefunden und deswegen nach ein paar Tagen wieder abgemeldet hatte.

Ich kam in einer Geburtsklinik zur Welt, in der Floßmannstraße 8, mitten im Pasinger Villenviertel. Ich habe recherchiert, es gibt sie nicht mehr, wahrscheinlich schon sehr lange nicht. Ich besitze noch Oma Luisls kleinen, dunkelgrünen Taschenkalender aus dem Jahre 1962, in dem sie am 23. September „Steffi geboren viertel nach eins" eingetragen hat. Als meine Schwester hauptberufliche Astrologin werden wollte, mussten wir alle unsere genauen Geburtsdaten inklusive Uhrzeit angeben, zur Bestimmung des Aszendenten.

Meine Mutter beharrte darauf, dass ich um zwölf Uhr geboren sei, und sie das wohl besser wissen würde als Oma. Da war ich mir nicht sicher. Ich habe bei der Geburt meiner Kinder nicht auf die Uhr geachtet und meine Mutter war zusätzlich mit Lachgas betäubt oder sediert worden. Wie das Erleben einer Geburt unter Lachgas wohl war? Konnte sie sich überhaupt daran erinnern? Das Erlebnis der Geburt nicht bei vollem Bewusstsein erlebt zu haben oder erleben zu wollen, würde ja irgendwie passen. Vielleicht wollte sie bei meiner Geburt nicht wirklich dabei sein?

Welche Uhrzeit Eva Schwesterherz bei der Berechnung meines Aszendenten dann verwendete, weiß ich nicht mehr. Auch der Aszendent und alle anderen bedeutungsschwangeren Details sind mir nicht in Erinnerung geblieben.

*

Meine Schwester ist bei ihrer Geburt beinahe gestorben. Es gibt verschiedene Varianten dieser Geschichte: Entweder war sie mit der Hand an der Plazenta festgewachsen oder die Hand wurde verletzt, als man versuchte, sie mit der Zange herauszuholen. An die verblichene Narbe auf ihrem Handrücken kann ich mich erinnern. Alle Versionen dieser Erzählung endeten immer damit, dass die Schwestern des Dritten Orden den Arzt zu spät geholt hatten, weil es Sonntag war und sie sich nicht getraut hatten, ihn zu stören. So verbrachte Eva ihre ersten Wochen in der Lachnerschen Kinderklinik, wenn der Klang meiner Erinnerung mich nicht täuscht.

Dieser Lebensbeginn setzte das Motto: Sie war die Kranke, die besonders beschützt und umsorgt werden musste. Das hätte sich ändern können, als sie mit 18 oder 19 zu ihrem Freund und späteren Ehemann Sepp zog, aber dann bekam sie prompt Diabetes Typ 1, der sie wieder zurück in die mütterliche Be- und Überwachung warf. Von da an war es für uns alle in der Familie ein ehernes Gesetz, dass wir alle zwei

Stunden etwas essen mussten, die berühmte Zwischenmahlzeit. Ich erinnere mich, dass ich in meinem ersten Semester in Heidelberg die Kommilitoninnen in Erstaunen versetzte, weil ich Panik bekam, wenn ich zwischen zwei Veranstaltungen nichts mehr zu essen bei mir hatte. Diese Regel war wie die zwei Backen einer Zange: Ich musste sie befolgen, um nicht selbst zuckerkrank zu werden, wohl wissend, dass das nur als abergläubisches Ritual Funktion hatte. Und ich musste mit Eva solidarisch sein. Die Zumutung, die es bedeuten könnte, nach der Uhr essen oder immer Traubenzucker mit sich herumtragen zu müssen, musste gerecht auf alle verteilt werden, damit sie sich nicht zurückgesetzt fühlte.

Immer wieder, wenn das Thema auf Evas Krankheit kam, berichtete meine Mutter von ihren Kirchenbesuchen, und schilderte in aller Anschaulichkeit, wie sie Gott darum angefleht hatte, Eva von der Krankheit zu befreien und sie selbst damit zu beladen. Wo die eigene Macht nicht hinreichte, musste dann das Leiden Christi bemüht werden. Sie hatte, wenn sie so etwas erzählte, diesen Seitenblick, gefühlt von schräg unten, mit dem sie meinen Blick einzufangen versuchte, ob ich auch begriff, was sie mir damit sagen wollte. Ich habe es bis heute nicht begriffen, aber ich weiß noch haargenau, wie es sich anfühlte, wenn ich mich in solchen Momenten innerlich wegdrehte. Dass ich dabei versuchte, meine Abscheu zu verbergen, verstand ich lange nicht.

*

Anfangen muss ich viel früher: bei meiner Mutter. Es gibt eine Geschichte, die sie mir wieder und wieder erzählt hat: Sie machte im Dessous-Geschäft Lange am Odeonsplatz die Buchhaltung – ich habe ihre Zeugnisse gefunden und daher weiß ich, dass sie für diesen Job ihre Stelle in der Universitätsbuchhandlung aufgegeben hatte; das nur am Rande, aber mit Kopfschütteln – und ihr Vater, Burghard hieß er, arbeitete auch in der Stadt. Zum Feierabend gingen die beiden auf einen Schoppen Wein, Schopperl war ihr Spitzname. Sie wussten, dass seine Frau, also ihre Mutter, zuhause mit dem Abendessen auf sie wartete und machten sich einen Spaß daraus, sie warten zu lassen. Ich fand das gruselig, meine Oma Jaja hat mir so leidgetan und der Genuss, mit dem sie mir diese Geschichte unterbreitete, setzte dem noch eins drauf.

Nachdem meine Schwester gestorben war, wollte meine Mutter einmal unbedingt mit mir allein essen gehen, in den Grünen Baum, wie ich mich erinnere. Damals gab es dort noch ein Raucherzimmer. Sie hatte sich etwas vorgenommen und erzählte mir genau diese Geschichte noch einmal und natürlich die, dass ihr Vater damals aus beruflichen Gründen in die Nazi-Partei hatte eintreten müssen. Mehr sagte sie dazu nie, aber sie vererbte mir die Unterlagen, aus denen ich ersehen konnte, dass er 1932 in die Partei eingetreten war, und dass er bei einer jüdischen Bank gearbeitet hatte. Dachte sie so weit, dass sie mir damit das Aufdecken ihrer Lüge vererbte? Wahrscheinlich nicht. Und sie hinterließ mir auch das schwarze Büchlein, in dem ihre Mutter, meine Oma Jaja erst die schönen Momente des Mutterseins und zusehends immer mehr ihre eigenen Nöte niedergeschrieben hatte. Einige Seiten sind herausgerissen, wer das gewesen war, kann ich natürlich nicht wissen. Aber aus diesem Büchlein weiß ich, dass ihr Vater 1938, als es bei der Bank, bei der er angestellt war, kompliziert wurde, nur besorgt war, dass sein jüdischer Chef, um seine eigene Haut zu retten, ihn anschwärzen könnte. Das berichtete Oma Jaja, seine Frau, voll Mitgefühl. Auch diese Seiten blieben erhalten, am Ende nur für mich.

Weil ich spürte, dass dies eine besondere Gelegenheit war, versuchte ich, ihr noch andere Geschichten zu entlocken, weil ich diese schon zu gut kannte, und ihr nichts mehr abgewinnen konnte, aber sie beharrte auf diesen.

Ich verstand erst im Lauf der Jahre, wie zentral die Anekdote vom Schoppen-trinken-Gehen war. In ihren letzten Wochen, als sie ihr Bett im Wohnzimmer am großen Fenster zum Garten hatte, mit Blick auf das Blumenmeer, das ich ihr auf der Terrasse bereitet hatte, sehe ich sie vor mir, wie sie das Foto von ihrem Vater abbusselt und mit einem theatralischen Seitenblick zu mir ein "Bald bin ich wieder bei dir, Papili!", ausruft.

Eine andere Erzählung gab es noch, die sie an diesem Abend im Grünen Baum nicht auspackte. Ich glaube, die gab es nur, wenn sie befürchtete, dass eine von uns Töchtern sich von ihrem gerade aktuellen Freund trennen wollte. Oma Jaja stammte aus Metz, leider machte sie das nicht zu der Französin, die mir für meinen Stammbaum gefallen hätte, sondern sie war die Tochter eines deutschen Zollbeamten, der nach dem 1870/71er Krieg dorthin versetzt worden war, das konnte ich mit Hilfe der übriggebliebenen Dokumente nachvollziehen.

Der Rest ist Legende: Sie soll sich von ihrem ersten Mann scheiden lassen haben, nachdem er eine Schülerin geschwängert hatte, sie waren beide Lehrer. Sie war sehr katholisch, ich hatte beim Ausräumen meines Elternhauses ein paar sehr eigenartige Bücher über einen „neuen" Katholizismus gefunden, die mir sehr faschistoid vorkamen. Mir grauste es so, dass ich sie, entgegen meiner Sammlernatur, entsorgte und nichts genaueres mehr darüber berichten kann. Nach der Scheidung wurde sie wohl noch katholischer, so von wegen Schuld-auf-sich-geladen-haben und so. Und – Originalton meine Mutter! – sie musste dann nicht nur einen jüngeren, sondern auch noch einen kleineren Mann heiraten, weil sie keinen anderen mehr bekommen konnte, und das war dann meiner Mutter „Papili".

Er starb früh, 1955, da war sie 27 Jahre alt. Er hatte Lymphdrüsenkrebs gehabt und sich geweigert, ins Krankenhaus zu gehen und sich schulmedizinisch behandeln zu lassen. Hin und wieder besuchte ihn abends, wie heimlich, ein Heilpraktiker. Das erzählte sie mir mal ganz nebenbei, allerdings erst Jahre nachdem Evi, ihre erste Tochter, meine Eva Schwesterherz, an ihrem vom Irschenberger Wunderheiler-Arzt behandelten Brustkrebs gestorben war. Es scheint, als hätte sie diese Tragik der Wiederholung gar nicht gesehen, der leicht jammernde Unterton, den sie hatte, wenn sie das erzählte, war nicht ungewöhnlich, nicht anklagender als sonst.

*

Ich sehe anhand der Fotos, die ich von ihr habe, wie grundlegend sie sich schon mit Evas Geburt verändert hatte. Es gibt frühe Fotos, wohl aus der Zeit, als sie meinen Vater gerade kennengelernt hatte, wo das junge Paar vergnügt im Garten rumspringt. Dann gibt es die Fotos von einer wilden Faschingsparty, auf der einer der Partygäste auch am fortgeschrittenen Abend noch nüchtern genug war, das beschwipste Übereinander-Kugeln der verschiedenen Männlein und Weiblein ausgiebig zu dokumentieren und meine Eltern mittendrin.

Und dann gibt es Fotos von ihr, hochschwanger, im Garten auf einer Liege oder in ihrem neu eingerichteten, hochmodernen Wohnzimmer mit Nierentischchen und Bogenlampe mit Kokosnuss-Pendel, auf allen trägt sie ein sehr missmutiges Gesicht. Und das war es dann. Kein Lächeln mehr, bis auf ganz wenige Ausnahmen fangen die Kameras für den Rest ihres Lebens nur ihre zur Schau getragene Enttäuschung ein. Eva adaptierte diesen Blick übrigens schon früh. Auf vielen meiner Kindheitsfotos sieht man mich vergnügt neben den beiden missmutig Dreinschauenden.

Ich glaube, dass meine Mutter Kinder wollte, weil heiraten und Kinder kriegen einfach das war, was alle wollten, weil es das war, was man sich unter Lebensglück vorgestellt hat. Zu sagen, dass man keine Kinder will, sondern lieber weiterhin wilde Partys feiern, war damals vielleicht auch schwer vorstellbar. Und das Kinder-Haben war dann definitiv nicht so, wie sie sich es vorgestellt hatte. Sie hatte auch nicht bedacht, dass einem ja Konkurrenz heranwachsen könnte, vor allem dann, wenn man Töchter in die Welt setzt. Ich vermute ja, dass sie schon mit der Aufmerksamkeit, die so ein kleiner Säugling für sich beansprucht, haderte. Ihr Vater war zu Evas Geburt schon drei Jahre tot, aber vielleicht wollte sie in Wirklichkeit immer noch seine einzige Prinzessin sein? Ich weiß es nicht, aber schon die erste Tochter ist eine Kränkung, die sie nicht verwinden konnte.

*

Nach der schon durch Geburt geschwächten und deshalb für immer schützenswerten Eva kam dann drei Jahre später die kleine Steffi, und wenn ich so den Faden sehe, den ich bis jetzt gesponnen habe, so lässt sich meine schiere Existenz kaum erklären. Ich heiße Steffi nach Stefi von Gizycki, einer jüdischen Kindergarten- oder Volksschulfreundin meiner Mutter, die "irgendwann plötzlich nicht mehr da war". Ich hatte immer vermutet, dass sich in dieser Namensgebung ihr schlechtes Gewissen ausdrückte, weil sie natürlich doch wusste, dass ihr Vater ein

Nazi gewesen war. Erst Doktor Sigismund stieß mich darauf, dass es doch viel – ich weiß nicht mehr, welches Wort er gewählte hat, sagen wir mal: bedenklicher wäre, dass sie mich nach jemanden benannt hatte, der aus ihrem Leben verschwunden ist. Da ist in der Wahl des Vornamens der geheime Wunsch versteckt.

Vielleicht war deshalb „Auf einem Baum ein Kuckuck saß" eines meiner Lieblingslieder als Kind. Der soll ja nicht nur verschwinden, der wird gleich erschossen, aber auf magische Weise taucht er jedes Jahr wieder neu auf. Es erschien mir zwar unlogisch, wie ein totgeschossener Vogel plötzlich wieder da sein soll, aber seine Wiederkehr in der vierten Strophe bereitete mir ein heimliches, eigentümlich vertraut wirkendes Vergnügen.

Dass Eva nicht bereit war, Konkurrenz in Sachen Mutterliebe zu akzeptieren, ist das eine, aber was heißt das für das kleine, neue Baby, also für mich? In der Symbiose zwischen meiner Mutter und meiner Schwester, die übrigens nie wirklich gelöst wurde, ist kein Platz für eine Dritte im Bunde. Ich kann ja nur gestört haben, oder?

In einem der ersten Bilder, das vor meinem inneren Auge auftauchte, als die Depression mich zwang, zurückzuschauen, sehe ich mich in Oma Luisls Küche stehen. Meine Mutter sitzt auf der Eckbank und hat sich zu Eva gewendet, die vor ihr steht. Eva ist es unangenehm, sie will sich wegdrehen, kann sich aber aus dem mütterlichen Griff nicht rauswinden. Oma, Opa, Vati, alle stehen da und schauen auf die beiden, und ich nutze die Gelegenheit, mich wahlweise hinter Omas breitem Hintern oder Vatis langem Rücken zu verstecken. Ich freue mich über diese gute Idee, weil, wenn sie mich nicht sieht, kann sie mich auch nicht greifen.

Zwischenreich

50 Jahre später, ich bin seit einem halben Jahr bei Dr. Sigismund in analytischer Psychotherapie, der Krebs wütet in meinem Körper, aber ich weiß noch nichts davon, ich ahne es nicht. Nach einem Besuch der besten Freundin von allen steigen morgens, in der Stunde, in der ich schon wach bin, aber noch im Bett liegen bleibe, weil der Weg in den Tag noch zu weit scheint, Bilder auf, von realen Erinnerungen kaum zu unterscheiden. Ich sehe im Vorbeifahren auf der langen, piniengerahmten Straße, die die Fischerhütte, die unser Ferienhaus war und Riga miteinander verbindet, ein altes Emaille-Schild, grün mit dunkelroter Schrift, Pedlesco steht drauf, hinter dem Schild entsteht eine alte Tankstelle. Obwohl das eine Erinnerung sein könnte, spüre ich, dass dieses Bild von woanders herkommt; damals wie heute kann ich keinen tieferen Sinn drin entdecken. Von ganz innen kommen diese Szenen, das spüre ich, aber aus welcher Tiefe kann ich nicht benennen und vielleicht habe ich deshalb bis heute keinen wirklich treffenden Begriff dafür gefunden. Es sind keine Wach- oder Klarträume, weil es heißt, in denen könnte man auf die Handlung Einfluss nehmen, und das kann ich nicht. Es ist keine Trance, weil ich wach bin und klar. Auch hätte Dr. Sigismund später, als mir diese Szenen auf seiner Couch widerfahren sind, mich unterbrechen können, wenn er es gewollt hätte, das geht in meiner Vorstellung bei einer Trance auch nicht. Sie führen mich in eine eigene Welt, die meine ist wie sonst nix, aber

keine Erinnerungen, die ich mit jemandem teilen könnte, weil sie auf diese Weise nicht real sind, und dennoch auf eine tiefe Weise wahr, mein Zwischenreich. Eine der schlimmsten Szenen, die mich lange verfolgt hat, führt in die frühe Kindheit zurück, in eine Zeit, aus der keine eigenen Erinnerungen stammen können:

Ich sehe ein kleines Baby auf der Wickelkommode liegen, um den Hals ein hellgelbes Plastikband, das mit übergroßen Druckknöpfen am Tisch festgeklickt ist, damit die Mutter „in Ruhe" die Windeln wechseln kann. Ich kann parallel beide Rollen einnehmen, spüre das Würgen und die Panik am Hals und bin die Mutter im Begriff, sich am Windelpaket zu schaffen zu machen. Hier in unserem schönen hohen Mannheimer Haus im Fitness-Musik-Gästezimmer, auf der Wickelkommode, auf der Max gewickelt worden war, als ich sie türkis gestrichen hatte, und davor Eva und ich, als sie weiß mit roten Schubladen war. Ich spüre das Würgen und die Panik am Hals, aber das Baby hat schon gelernt, stillzuhalten, um nicht ersticken zu müssen, brav findet es die Mutter. Ich versuche, in die Rolle der Mutter zu schlüpfen um das gelbe Band wegreißen und das kleine Wesen in meinen Armen bergen zu können. Aber es reißt mich zurück und ich stehe wieder als aus der Zeit gefallener Beobachter da und muss mir meine Vergangenheit anschauen.

Solche Szenen begleiteten mich immer einige Tage und verzweifelt versuchte ich, einen Ausweg zu finden, es ist mir nicht gelungen. Heute ist diese Szene blass geworden, hat sich aber nicht verändert, wie andere es tun.

In der therapeutischen Chronologie tauchte diese Szene erst relativ spät auf, eine viel frühere, vielleicht sogar die erste richtige Szene mit Handlung, war diese:

Ich bin vielleicht vier oder fünf Jahre alt. Im Café vom Pflanzenschauhaus im Mannheimer Luisenpark (also Jahrzehnte weit weg von der kindlichen Münchner Realität) sitzen sie alle beisammen, die Verwandtschaft vermutlich. Mir wird langweilig und ich gehe raus und setze mich neben den Teich am Eingang. Überall blüht es in allen Farben, der große Teich ein paar Meter weiter ist bedeckt mit Seerosen, die Flamingos staken durchs Wasser, aber in und an diesem Teich ist kein Grün, das nackte Wasser ist in graue Steinplatten gefasst, auf die setze ich mich. Urplötzlich schießt mit großem Geplatsche ein furchterregendes, tief dunkelgrünes Krokodil mit weit aufgerissenem Maul aus der Mitte des Wassers. Es ist nur ein kurzer Schreck der Überraschung, das Krokodil selbst macht mir keine Angst, und es verwandelt sich auch prompt in eine Kasperle-Theaterfigur, aus Papier gefaltet mit einem Körper aus karierten Zickzack-Schnüren. In diesem Moment rutsche ich aus mir Kind heraus, stehe plötzlich als Erwachsene ein paar Meter weit weg auf der anderen Seite des Weges und beobachte diese Szene. Eine kleine Steffi in einem hellrosa Mäntelchen mit großen Perlmuttknöpfen steht da, in ein ernsthaftes Gespräch mit einem uralten Krokodil vertieft, ich bin tief gerührt von diesem Kind.

Wir saßen in diesem Café auch in Wirklichkeit einmal zusammen, sogar mit Verwandtschaft, allerdings in einem anderen Zeitalter: bei unserer Hochzeit. Da war aus der kleinen rosanen Steffi eine groß gewachsene Braut im kleinen Schwarzen geworden, und aus dem stillen Mädchen eine, die mit ausgreifender und erstaunlich anmutiger Gestik ihre Reden begleitete. Das weiß ich, seit wir kürzlich uns die lange verschollenen VHS-Kassetten angesehen haben, auf denen ich mich ausführlich bewundern kann, als wäre ich ein Gegenüber. Aber es ist nicht nur das Café am Pflanzenschauhaus, auch den grau eingefassten Teich ohne jeden Blumenschmuck kenne ich, wenn auch nur von einem alten Foto. Da kniet meine Patentante Inge im strahlend weißen Hochzeitskleid vorsichtig an einem solchen in Betonplatten gefassten Teich, neben ihr Evilein, und beide schauen freundlich in die Kamera. Ich wundere mich, warum nicht ich auf diesem Foto zu sehen bin, sie war ja schließlich meine Patentante. Ich fühle mich zurückgesetzt, bis mir klar wird, dass ich zu diesem Zeitpunkt noch nicht geboren war.

Diese Assoziationen entstehen erst jetzt, wenn ich versuche, die Szene genauer zu fassen. Als ich diese Szene während der Therapie erlebte, war es schön, die kleine Steffi sehen zu können. Das Heraustreten aus mir kleinem Selbst war befreiend und am Ende wirkte es zurück auf das kleine Mädchen. Als könnte ich erwachsene Frau mit meinen wohlwollenden Blick zu diesem stillen Kind von damals zurückreichen.

Erinnern ans Kind

Eva und ich unterhielten uns ein paar wenige Male über unsre Kindheitserinnerungen und waren uns einig, dass wir erstaunlich wenig aus dieser Zeit wussten, genau wie jede von uns sich sicher war, die langen (und irgendwie auch bangen?) Nachmittage, bis die missgelaunte Mutter von der Landesanstalt heimkam, allein im Haus verbracht zu haben. Und jetzt sehe ich, dass mit den Traumsequenzen aus Therapie-Zeiten sich auch viele Erinnerungen wieder zu mir bequemt haben und beim Schreiben tauchen täglich mehr auf.

Eine Bekannte sagte letzthin zu mir, dass sie nur ganz wenige Erinnerungen an ihre Kindheit hätte und mein erster Gedanke war, dass auch sie keine so gute Kindheit gehabt haben konnte, was sich dann prompt bestätigte. Mitten in der von in voller Lautstärke spielenden Musikern und viel Zigarettenrauch gefüllten Luft der Dorfkneipe, dort, wo ich meine dritte und vermutlich letzte Heimat gefunden habe, fing sie an, wie aus dem Nichts, davon zu erzählen, wie ihre alte Mutter sie mit andauernden Beleidigungen überschüttete und das genau dann, wenn sie einmal im Monat die fast 700 km weite Reise zu ihr machte, um ihr das Haus zu putzen. Wie war es früher als Kind, fragte ich sie, und sie antwortete, dass sie es nicht wüsste. Das kam mir bekannt vor, es war lange bei mir genauso, und jetzt werde ich nicht fertig damit, aus dem Bergwerk meiner Erinnerungen zu schürfen.

Eine erste Erinnerung stammt aus der Zeit, als wir noch alle im alten Teil des Hauses zusammenlebten, die Großeltern Gustl und Luisl, meine Eltern, Eva und ich und Onkel Peter, der damals noch nicht verheiratet war. Ich erinnere mich an ein wohliges Gefühl, als ich mich schon auf der Treppe auf die Gesellschaft der Großeltern in Omas warmer Küche freute, wenn ich morgens gerade aus dem Bett geschlüpft war. Auch da muss ich so vier oder fünf Jahre alt gewesen sein.

An die Stille erinnere ich mich, die mich umgab, wenn ich allein im Bett lag, untertags. Nur ein schummriges Licht kam durch die Ritzen des Rollladens und ich durfte nicht aufstehen, ich hatte die Masern. Da war ich auch noch kein Schulkind.

*

Auf der Schwelle zum Schulkind war ich dann aber, als Mutti mich rief und unten an der Treppe Oma Jaja auf mich wartete, also nicht Oma Luisl, die mit uns wohnte, sondern die Oma Jaja, die aus der Schwabinger Unertlstraße zu uns auf Besuch kam, und sie hatte einen Schulranzen für mich dabei. Ein einfacher Tornister aus Leder, und drinnen verbarg sich ein großer Marienkäfer aus Schokolade, der mir besonders gut gefiel.

Das war schon nicht mehr die Treppe zu Oma Luisls Küche, nein, es war die Treppe im neugebauten Anbau, die war offen und man konnte die Füße zwischen den Stufen durchstecken und dann dasitzen und zum Beispiel ein Buch lesen. Das war sehr unbequem und ich blieb nie lange dabei, versuchte es aber immer wieder.

Diese Treppe ist zu einem Symbolort geworden, eine der zentralsten Szenen meiner Therapie fand dort statt:

Ich sitze auf der Treppe in O'menzing, Mama steht unten in der Küchentür im Dirndl. Ich sitze in der wärmenden Sonne am großen Fenster im Treppenhaus, strahlendes Licht umfängt mich, ich bin unbedarft und ahne nichts von dem Schlag, zu dem sie, siegessicher lächelnd, ausholt. Sie rammt mir einen schwarz verkohlten, angespitzten Pfahl in den Solarplexus, ins SONNENGEFLECHT, und sie macht es mit Worten. Ich höre sie sprechen, kann den Sinn des Gesagten aber nicht aufnehmen und doch genügt ein halber Satz, die kleine Steffi zu zerstören. Es ist die Fünfjährige, die sie da trifft, wieder die Zeit, kurz nachdem wir in den Anbau gezogen waren, zu dem diese Treppe gehört. Blünsi nannte mein Schwesterherz mich damals immer, das sollte von Blunsen kommen und beschrieb mich mit meinem Babyspeck und den angeblichen Würstelfingern. Da war ich der Zeit, in der ich drinnen wie draußen vorzugsweise in dunkelroten Gummistiefeln rumlief, noch nicht ganz entwachsen.

Erst kürzlich habe ich einen Artikel gelesen von einer Journalistin, die an einer LSD-Studie in Basel teilgenommen hat, den finde ich jetzt natürlich nicht wieder. Sie erzählte, dass sie nach der Einnahme der Droge gesehen oder erlebt hat – wie soll man es nennen? – wie ihr Ex sie aufspießt und wie einen überdimensionierten Schmetterling in einer Art Setzkasten mit einer Stecknadel feststeckt. Die Parallelität zum verkohlten Pfahl ist frappant. Was mich fasziniert, ist, wie ähnlich das Erleben einer Szene unter LSD-Einfluss und meine Traum(a)szene ist, für die ich, wie man sieht, immer noch keinen treffenden Begriff gefunden habe.

*

Ich erinnere mich daran, wie ich im Garten neben Vati stand, und ihm dabei Gesellschaft leistete, wie er schweigend Laub rechte. Irgendwann waren meine Füße in den nassgeschwitzten Gummistiefeln so durchgefroren, dass ich, das Weinen kaum unterdrücken könnend, zurück ins Haus ging, empfangen von den Vorwürfen meiner Mutter, dass mein armer Vater jetzt ganz allein weiterarbeiten müsste. Ich hatte ihm ja eigentlich helfen wollen, aber dafür war kein Raum in der Stille, die sich um ihn wie eine unsichtbare Kugel geschlossen hatte.

Was ist an dieser Szene so schlimm, dass es mir schier das Herz zerreißt, wenn ich mich daran erinnere? Die Nähe zum Vater, die ich gesucht hatte, war nicht da und die Illusion davon ist in den nassen Gummistiefeln erfroren. Und dann war ich selbst dran schuld, weil ich wegging. Hätte ich auch einen Rechen bekommen und hätte ich helfen können, mir wäre nicht so eise-klotze-kalt geworden. Warum kam er nicht auf diese Idee? Das kann ich natürlich nur aus heutiger Sicht fragen, damals war das einfach so, dass er beim Arbeiten, sei es beim Garteln oder beim Heimwerken, so in sich versunken war, dass man ihn nicht erreichen konnte, dass man es sich gar nicht anders vorstellen konnte.

Was machte ich dann als nächstes in der warmen Stube? Am Fenster stehen und mich fragen, ob ich nicht doch lieber wieder raus gehen sollte. Mit der Schwester fernsehen? Irgendwie ist da kein Raum für nichts.

Das ist ein Exempel, ein Mikro-Beispiel für eine Methode, die mich ausradiert, meine Person löst sich im Widerstreit der Gefühle auf. Statt wohligem Wärmen der durchgefrorenen Füße nur unauflösbares schlechtes Gewissen. Ich kenne bis heute solche Momente, in denen meine Gefühle und sogar körperlicher Schmerz in grellem Weiß weggeblendet werden von einer unauflösbaren, von existenzieller Not beherrschten Angst. Ich soll nicht da sein, ich soll verschwinden wie meine namensgebende jüdische Stefi, aber ich kann doch nicht anders, als mit meinen einnehmenden 1,82 Meter und heute den dazu passenden Kilos da zu sein und entsprechenden Raum einzunehmen.

Eine Folge von solchen Szenen ist die Unfähigkeit, mich abzugrenzen. Ich reagiere auch heute noch auf widerstreitende Anforderungen an mich, übrigens auch, wenn ich sie mir nur selbst zusammenreime, mit kompletter Selbstauflösung. Ich spüre meine durchnässten, eiskalten Füße dann nicht mehr, nur noch die väterliche Enttäuschung, das ist der virtuelle

Teil. Die Wut auf die vorwurfsgetränkte Mutter wäre der reale Teil, aber das ist streng verboten, und muss schnell runtergeschluckt werden, bevor ich sie richtig spüren kann.

Von heute aus kann ich mich kleine Steffi im Schneidersitz vor die Terrassentüre platzieren, drinnen, aber doch auf der imaginären Schwelle nach draußen. Das ist genau die Stelle, an der ich mich, wenn es schneite, auf dem Rücken liegend von den dicken Flocken verwirren lassen konnte. Diese Vorstellung fängt mich ein.

*

Da war ein Sonntagmorgen, an dem ich allein in der noch nicht richtig eingewohnten Essecke im neubezogenen Anbau beim Versuch, etwas von der kalten Butter abzuschaben, mir einen kleinen Bogen vom Daumennagel direkt an der Wurzel herausgeschnitten hatte. Es blutete buchstäblich in Strömen und ich wickelte den Daumen großzügig in ein Geschirrhandtuch. Meine Eltern an einem Sonntagmorgen nach dem samstagabendlichen Besäufnis zu wecken, stand außer Frage, das wusste ich ganz sicher; aber warum ich nicht einfach rüber zu den Großeltern ging, die bestimmt schon wach waren und sich garantiert gut um mich gekümmert hätten, kann ich nicht verstehen. Als wäre mit dem Umzug in den Anbau der Weg zurück zu ihnen versperrt worden. Dass wir, als das passierte, gerade erst dorthin umgezogen waren, weiß ich so genau, weil die Garderobe in der Schule, in der ich mich am folgenden Tag verstecken wollte, damit niemand mich auf den Verband an meiner Hand ansprechen konnte, in dem Nebengebäude der Schule lag, in dem ich nur in der ersten Klasse war.

Ich bin übrigens dabeigeblieben, die Butter waagrecht vom Stück abzuschaben. Der Vater meiner besten Freundin von allen wusste immer, wenn ich zum Frühstück da gewesen war, weil ich das Wappen der Weihenstephaner Butter zu zerstören pflegte.

Dr. Sigismund schlug einmal vor, dass ich das Dreieck der Weiblichkeit zwischen meiner Mutter und Eva und mir, in das ich, zur Bewegungslosigkeit verdammt, eingespannt war, zu einer Pyramide erweitern könnte. Dann hätte meine Oma Luisl die vierte Ecke in der neuen dritten Dimension sein können, manchmal war sie das vielleicht auch. Dann, wenn ich in ihrer Küche saß und jeden Mittag mit einer anderen Süßspeise gefüttert wurde, während sie mir die immergleichen Geschichten von früher erzählte. Aber bei der Verarztung von blutenden Daumen nicht.

*

Aus der Zeit des Umzugs stammt noch eine andere blutige Szene, die mir jetzt einfällt. Auf der Terrasse gab es einen langen, rauen Balken, der an die Kante vom Flachdach angelehnt war und so vom Boden schräg ansteigend ein Sprungbrett bis zu einer Höhe von fast drei Metern bot. Ich übte spielerisch das

Runterspringen, bei jedem Versuch einen Schritt weiter nach oben.

Und dann war ich beim Sprung abgelenkt. Ich sehe mich nach hinten kucken, vielleicht versuchte ich, Aufmerksamkeit zu erheischen, Evas vermutlich, die in solchen Momenten erst recht so tat, als würde sie es nicht interessieren. Dadurch sprang ich schräg und landete auf einem herumliegenden Brett, genauer: in einem rostigen Nagel, der aus diesem Brett ragte.

Weh tat es in diesem Moment nicht und ich war noch unschlüssig, was ich jetzt tun sollte, als ich das dunkelrote Blut aus dem dünnen Ballerina-Schläppchen herauslaufen sah.

Da hüpfte ich zur Mutter in die Küche, und produzierte bestimmt ein Spur von Blutstropfen hinter mir. Da wurde dann gehandelt, dessen bin ich mir sicher, aber was passierte, weiß ich nicht mehr. Bestimmt gab es eine Tetanusspritze.

*

Da ist noch eine Geschichte, die sich jetzt in den Vordergrund drängt und erzählt werden möchte. Ich erinnere mich nicht, wie es dazu kam, dass ich bestraft werden sollte, woran ich mich erinnere, ist, dass ich mir keiner Schuld bewusst war, wie es so schön heißt. Sie wollten mich ins dunkle Schlafzimmer sperren, es gibt das Gerücht, dass ich sehr jähzornig gewesen sein soll, vielleicht sollte ich auf diese Weise beruhigt werden.

Ich sitze auf der Wickelkommode, die schon lange nur noch eine Aufbewahrungskommode ist und mit einer eiskalten Entschlossenheit balle ich versuchsweise meine Hand und überlege, ob ich damit die Glasscheibe der Schlafzimmertüre zertrümmern kann. Und dann springe ich runter, gehe zur Türe, erstaunlich ruhig, und lasse die mittlere der Scheiben zerspringen. Draußen sind anscheinend alle versammelt, jedenfalls ist sofort großer Trubel. Meine Mutter setzt noch an, mir den Ersatz der Scheibe mit zehn Mark vom Taschengeld in Rechnung stellen zu wollen, dann sieht sie, wie sich das Blut in meiner Handfläche ausbreitet und am Handgelenk vorbei auf den Boden zu tropfen beginnt. Großer Schreck, alles vergeben und vergessen und ich werde verarztet und verbunden. Das fühlt sich noch heute gut an und nie wieder hat jemand versucht, mich in dunkle Räume zu verfrachten.

Jetzt fallen mir andere Szenen des Aufstands ein. Eine ist in meiner Erinnerung auch in diesem Zimmer verortet, wahrscheinlich, weil dort der größte Spiegel war. Eine Bekannte meiner Mutter war auf Besuch, hatte eine große Tüte voll abgelegter Klamotten von ihrer Tochter mitgebracht und die sollte ich jetzt anprobieren. Das ging ja noch, aber dann sollte ich ein Kleid vorführen und dabei mich voll des Dankes für Zeug zeigen, das andere ausrangiert hatten. Ich fühle die Kraft meiner empörten und tränenreichen Wut bis heute. Die Situation löste sich, weil die Bekannte - ich weiß nicht mehr, wer das war – großherzig auf das Theater verzichtete. Dieses Kleid,

dessen Muster ich heute noch wiedererkennen würde, wurde für einen Sommer zu meinem absoluten
Lieblingskleid. Da es aus Synthetik war, konnte man
es abends waschen, „durchdrücken" hieß das, aufhängen und ich konnte es am nächsten Tag wieder
anziehen. Es ging als „Heulkleid" in die Familiengeschichte ein, mein Vater gab ihm diesen Namen.

Und noch einmal habe ich mich durchgesetzt: Es
war beim Abendessen, ich saß auf meinem angestammten Platz in der Essecke, gegenüber von Vati,
und Mutti fing davon an, dass ich nach der Grundschule nicht wie Eva ins Louise-Schröder-
Gymnasium, sondern in die Maria-Ward-Schule
gehen sollte, zu den „Englischen Fräulein". Ich glaube, ich wusste damals gar nicht, dass es sich dabei
um Nonnen handelte und auch dass dort das Tragen
von Hosen verboten war, meine ich erst später erfahren zu haben. Aber mein Protest kam sofort und vehement, das weiß ich noch. Ich wollte da nicht hin,
war mir dessen sehr sicher und tobte solange und
ausgiebig, bis das Thema vom Tisch war, buchstäblich.

Diese Szenen, die erst jetzt beim Schreiben dieses
Buches wieder aus dem Vergessen aufgetaucht sind,
geben mir Jahrzehnte später ein so gutes, widerständiges Gefühl, sowohl im Rückblick auf die Kindheit
als auch mitten im Heute.

*

Ich erinnere mich an eine einzige Szene, in der meine Mutter mich körperlich angegangen ist. Ich hatte es irgendwie zu weit getrieben, ich meine einen kleinen Übermut in dieser fernen Erinnerung zu entdecken, aber bin mir sicher, nichts angestellt oder gar Verbotenes getan zu haben, nur zu viel der guten Laune. Sie ging auf mich los mit hasslodernder Wut, vor der ich in Richtung Haustür flüchtete. In der Bedrängung schaffte ich es aber nicht, die Tür zu öffnen und drückte mich so in die Ecke zwischen Wand und Türe hinein, die Arme erhoben, das weiß ich noch. Ich weiß nicht, ob sie mich wirklich schlug oder ob sie abbrach.

Der große Schrecken für mich lag in ihrem Außer-sich-sein, das sie wahrscheinlich selbst überwältigt hatte. Sie wollte mich zerstören, das sah ich in diesem Moment in ihrem Gesicht. Und sie war verzweifelt, das war vielleicht noch beängstigender. Weil sie meiner nicht Herr werden konnte, zum Beispiel durch das Einsperren in dunkle Räume?

Nichtsdestotrotz ist mir eine panische Angst vor körperlicher Gewalt geblieben. Die hatte sich nach einem WenDo-Kurs gebessert, den ich als ausgewachsene Studentin besucht hatte, nachdem mein Ex-Freund mich mit Morddrohungen verfolgt hatte, kann aber in Krisensituationen wieder aufbrechen. Sie reicht dann weiter, ich scanne unentwegt meine Gegenüber auf unterschwellige Aggression und reagiere, wenn ich mich nicht aus der Situation ziehen kann, mit meinem quasi unerschöpflichen Arsenal der Deeskalationstechniken. Dabei fokussiere ich mich wie mit einem Brennglas nur auf den Aggressor, verliere mich selbst komplett aus den Augen und muss mich später dann mühselig wieder suchen gehen.

Ob ich konfliktscheu sei, hat der Therapeut gefragt und ich verneine, mit einem Auflachen: „Konfliktscheu? Nein, das bin ich nicht, Herr Sigismund, ich habe panische Angst vor Konflikten!"

*

Ich erinnere mich jetzt auch an eine Klassenkameradin, ich glaube, sie war eher eine Außenseiterin, wegen ihrer fettigen Haare oder weil sie auf einem Bauernhof lebte, aber ihre Familie waren nicht die Bauersleut'. Also entweder Knechte oder sie hatten einen Teil des Bauernhofs als Wohnung gemietet. Viele Kinder gab es dort auch. Ich mochte sie, nennen wir sie Renate.

Ich kann mich an einen heißen Sommertag erinnern, den wir damit verbrachten, einen prall aufgeblasenem Traktorschlauch als Boot zu benutzen, um uns um die 90-Grad-Biegung der Würm, die um den Hof herumführte, treiben zu lassen. Der Vorteil war, dass wir quer über die den Hof umgebenden Wiesen zurücklaufen und so den Weg zurück an den Einstieg diagonal abkürzen konnten. Wir gingen auch einige Male so ins Wasser, ohne auf dem Reifen zu sitzen. Da die Würm nicht tief war, musste man sich ganz flach ins Wasser legen, um nicht an den Steinen zu scheuern. Das gelang natürlich nur so halb und am

Abend war ich nicht nur selig erschöpft, sondern auch noch an den Beinen rot aufgescheuert.

Ein andermal verbrachten wir den Nachmittag damit, im Stadel vom oberen Strohlager aus in einen riesigen Heuhaufen herunterzuspringen, da war ich genauso erschöpft, aber nicht aufgescheuert, sondern mit Ganz-Körper-Juckreiz geschlagen.

Ich erinnere mich auch, wie ich am Torpfeiler angelehnt auf meinem Fahrrad saß und mich nicht aufraffen konnte, hineinzugehen und zu klingeln und mich Renate irgendwann erlöste, in dem sie rauskam und mich holte. Ich weiß nicht, wie lange sie mich in meiner zögerlichen Unentschlossenheit beobachtet hatte und ihre freundliche Souveränität war Wohltat und peinlich zugleich.

Dieses Abwertende kam bestimmt von meiner Mutter oder Schwester, und es ging wahrscheinlich ernsthaft nur um die fettigen Haare, an denen Renate selbst sich nicht zu stören schien, aber wenn ich denke, welches Drama es bei mir daheim war, wenn ich mir mal nicht jeden zweiten Tag die Haare gewaschen und demzufolge ungepflegt ausgesehen hatte, lag es vielleicht daran.

*

Es ist wenig, was mich von außen anstoßen kann, besonders seit dem depressiven Zusammenbruch, der mir nicht nur die Konzentration beim Fernsehen oder Zeitungsartikel lesen, sondern das Bücherlesen als Ganzes genommen hat. Ich halte auf Social Media Kontakt zu anderen psychisch geschädigten Menschen und habe so erfahren, dass ich damit nicht allein bin. Aber immer wieder stößt mich eine kleine Bemerkung von außen an. Ich lese in der ZEIT einen Artikel über Messies. Dabei sei ein Phänomen zu beobachten, nämlich, dass sie anfangen, gegen die innere Leere Dinge emotional aufzuladen. Ich habe mich selbst schon oft genug dabei beobachtet, wie ich einem Ding, das ich gerade überlege, wegzuschmeißen, genau in diesem Moment eine Bedeutung injiziere, die es zu einem unabdingbaren Teil meiner Welt macht. Weswegen es dann – logisch – bei mir bleiben muss.

Und in der Erinnerung, die dabei aufsteigt, sehe ich mich inmitten des Klappbetts sitzen, das in meinem Zimmer stand, eher weggestellt, als dass dort Übernachtungsgäste untergebracht wurden, und ich habe alle meine kleinen Schätze um mich. Ich erinnere mich nicht daran, was es gewesen ist, aber ich kann es fantastisch aufsteigen lassen: Schneckenhäuser in allen Variationen (leider nicht die berühmte Bayerische Zwergdeckelschnecke), kleine Figürchen, die beim Badeschaum oder den Frühstücksflocken dabei gewesen waren oder Miniaturvasen, -tassen oder -kännchen, ähnlich wie die, die es speziell für Setzkästen gab, die aber erst ein paar Jahre später in Mode kommen sollten.

Das große Problem war aus dem Klappbett wieder herauszuklettern. Die Matratze war sehr weich und auch der Lattenrost – ein echter Drahtrost, daran erinnere ich mich – war nachgiebig. Ich konnte nicht verhindern, dass dabei das schöne Arrangement meiner kleinen Schätze zerstört wurde. Irgendwann kam immer der Zeitpunkt, an dem ich entweder dringend aufs Klo musste oder mir die Füße eingeschlafen waren vom zu langen Sitzen im Schneidersitz. Das Ausbreiten, Arrangieren und Sortieren dieser kleinen Dinge beruhigte mich und machte mir Freude, ich kann das noch spüren.

*

Als die Erinnerungen anfingen, zu mir zurückzukehren, war es ein Sammelsurium an kleinen Bröckchen, und fast immer war ich allein für mich. Ich sehe mich durch den Garten reiten: Ich hatte mir einen Stock umgebunden mit einer dicken Schnur als Zügel dran und verbrachte Stunden damit, Dressurübungen nachzumachen, trabend und galoppierend das Rechteck einer Reithalle nachzutreten, mit den dazugehörigen Diagonalen und den Zirkeln. Ich kann spüren, wie es sich anfühlte, wenn ich mit dem Radl um die Straßenecken schwang und ich rieche die Wiesen der noch unbebauten Grundstücke in der Nähe, wenn ich das hohe Gras nach Heuschrecken und vierblättrigen Kleeblättern absuchte. Dabei war ich ganz in mich versunken, still auf das konzentriert, was ich gerade machte.

Noch zu Grundschulzeiten war einmal eine Klassenkameradin, Bianca hieß sie, mit zwei oder drei anderen Kindern bei mir im Garten zu Besuch, wahrscheinlich zeigte ich ihnen meine Schneckenrennbahn. Wirklich im Gedächtnis ist mir nur der Moment geblieben, als sie im Aufbruch waren und mir mit einem kleinen Stich klar wurde, wie außergewöhnlich und selten dieser Nachmittag war. Dieser Stich erst war es, der diesen Nachmittag zu einer Erinnerung kristallisieren ließ.

In den letzten Jahren gab es immer mehr Momente, die meine kindliche Einsamkeit in Frage stellten. Als wir das letzte Mal in Obermenzing waren, um noch verbliebene Reste aus dem Haus zu holen, damit wir es dem Käufer übergeben konnten, lag richtig hoher Schnee, wie früher. Die Nachbarn luden uns zum Aufwärmen und auf eine Brotzeit ein und da erzählte der Nachbar, dass wir als Kinder miteinander gespielt hatten. Ich wusste von nichts. Aber dafür erinnere ich mich an einen sonnigen Nachmittag, an dem seine Großmutter zu meiner in den Garten gekommen war und am Kaffeetisch auf der Terrasse stand, eine ihrer berühmten Schimpftiraden losließ und Eva und ich großen Spaß dabei hatten, sie heimlich vom Balkon aus mit unserem Kassettenrecorder aufzunehmen.

Es gibt ein Foto von einer Geburtstagsparty bei einem Klassenkameraden, ich wieder einmal im Dirndl, aber eine Erinnerung daran habe ich nicht. Während ich das hier schreibe, kommen neue Erinnerungen, an eine Klassenkameradin, deren Vater Architekt gewesen war. In ihrem Haus gab es eine extravagante Galerie unter der Dachschräge als Kinderspielplatz. Ich war dort nur ein einziges Mal. Und dann gab es einmal ein Kinderzimmer, auch mit

Dachschräge und wir spielten „Ich packe meinen Koffer", mit echten Sachen, die in einen echten Koffer gelegt wurden. Mehr weiß ich davon nicht mehr. An eine Geburtstagsparty bei mir zu Hause erinnere ich mich auch nicht. Die Fotos von einer Faschingsparty im elterlichen Wohnzimmer, auf der man mich im Dornröschenkleid bei einem typischen Kinderpartyspiel sieht, zeigen das letzte Fest für uns Mädchen.

Ich erinnere mich auch an eine Szene auf dem Schulweg, wo ich Reinhard raten ließ, welcher Daumen es gewesen war, in dessen Nagel ich mit dem Buttermesser reingeschnitten hatte. Das fühlt sich fast intim an.

Und bei Bianca, deren Besuch mir so leuchtend in Erinnerung geblieben ist, war ich oft. Ich erinnere mich an eine sehr beschämende Szene, in der ich an einen Baum gebunden stand und darauf wartete, dass sie zurückkommen und mich befreien würden, sie waren alle hinter dem Haus verschwunden. Und ich erinnere mich, dass ich sie auch noch besuchte, als sie schon nach Grünwald gezogen waren. Ob meine Mutter diese Freundschaft förderte, weil die so reich waren? Ich weiß, dass meine Mutter sich gar nicht darüber beruhigen konnte, dass Biancas Mutter nicht wusste, ob sie einen Ford oder einen Opel fuhren. Das wäre so typisch für diese Neureichen: so viel Geld, aber so dumm. Dass ich sehr erstaunt war, dass wir einen VW hatten, wo Autos mit Abkürzungen doch nur für reiche Leute waren und wir Arme nur einen Volkswagen unser Eigen nennen konnten, erzählte ich nur vor Biancas Mutter, und die lachte mich nicht aus.

Sie war alleinerziehend, das fällt mir jetzt ein, aber sie lebten bei ihren Eltern, der Vater war ein berühmter Schriftsteller von Cowboy-Romanen und Kräuterbüchern – unter verschiedenen Namen übrigens. In Grünwald hatten sie ein Schwimmbad im Keller, da durfte man nicht reinpinkeln, das Pipi würde das Wasser grün verfärben und den Übeltäter sofort enttarnen.

Und ich erinnere mich, dass Bianca uns – wieder waren noch andere Kinder da, die alle in meiner Erinnerung extrem blass geblieben sind – uns zu Telefonstreichen nötigte. Wenn eine Frau am Apparat war, sollten wir den Mann sprechen wollen und so tun, als wären wir dessen Freundin. Bianca hatte eine Frau am Apparat, die das wirklich ernst nahm und ich kann mein Entsetzen darüber noch heute spüren. Wie unverfroren sie versuchte, eine ganze Welt zu zerstören. Bei so etwas fehlte mir jeglicher „Humor". Für das „Ach, das ist doch nur ein harmloser Streich", mit dem so etwas damals gerne abgetan wurde, hatte ich keinen Sinn. Bei Eva Schwesterherz war das genauso, sie konnte nicht einmal „Tom und Jerry" ertragen.

Es war keine Einsamkeit, es war meine Verschlossenheit, die mich zum Solitär gemacht hatte.

*

41

Und dann gab es ja auch noch Maria, das Nachbarskind. Ich sehe uns am Gartenzaun sitzen und Karten spielen, jede auf ihrer Seite sitzend, weil wir uns gegenseitig nicht besuchen durften. Meine Mutter hatte es mir verboten, weil Marias Bruder behindert und ihre Mutter Spanierin war. Und sie durfte nicht zu mir, weil es bei uns einen tiefen Kellerschacht gab, der ungesichert war und das war zu gefährlich. Witzigerweise ist das der Lichtschacht, den meine Mutter im Alter von 83 Jahren heruntergestürzt ist, als sie abends im Dunkeln schauen wollte, ob ihr Kellergast Diane Herrenbesuch hatte, aber das ist eine andere Geschichte.

Maria und ich saßen also am Zaun, ein alter Holzzaun, bei dem praktischerweise schon einige Pfosten locker waren oder sogar fehlten. Mehr noch als das Kartenspielen selbst gefiel uns die Tatsache, dass wir uns an die bescheuerten Regeln hielten, uns also auf der sicheren Seite befanden und trotzdem unsere Freundschaft aufrechterhielten. Maria lebte mit ihren Eltern in einer Miniwohnung über einer Kellergarage, ursprünglich vielleicht eine Werkstatt, später dann in einer für vier immer noch viel zu kleinen Wohnung im 1. Stock des Hauses – Haupthaus möchte man fast sagen – weiter hinten auf demselben Grundstück. Ihrem Vater begegneten wir hauptsächlich im Sommer, wenn er im Garten sein dort aufgebocktes Boot lackierte, jedes Jahr eine neue Schicht eines sehr penetrant scharf riechenden Lacks, dunkelblau in meiner Erinnerung, in Wirklichkeit wohl weiß oder knallrot.

Das nächste Grundstück dahinter war ein großes Eckgrundstück, so verwildert und zugewachsen, dass man von der Straße aus kein Haus mehr erkennen konnte. Manchmal bahnten Maria und ich uns kleine Pfade durchs Dickicht, in unserer Vorstellung schlugen wir uns durch einen Urwald auf Wegen, die vorher kein Mensch gegangen war (also war das mit den Verboten oder mit unserem Gehorsam nur temporär...). Die Aufgabe war es, dem Haus, in dem die alte Frau Noll allein lebte, so nahe wie möglich zu kommen, ohne von ihr bemerkt zu werden. Wenn sie uns doch bemerkte, gab es großes Gezeter, wüste Beschimpfungen und Drohungen, aber ich erinnere mich nicht daran, dass es andere Folgen gehabt hätte. Keine elterlichen Standpauken, keine Besuche der Polizei oder ähnliches. Einmal drangen wir so weit in den Garten vor, dass wir die Straße ums Eck schon durchs Gestrüpp schimmern sehen konnten und entdeckten in der entferntesten Ecke ihres Geländes die Kellermauern eines weiteren Hauses, das wohl im Krieg zerstört worden war und das die alte Noll jetzt nutzte, um ihren Müll zu entsorgen. Offene Mülltüten, Schutt, Milchkartons. Ich erinnere mich nicht, dass es gestunken hätte, vielleicht kamen wir doch nicht so nahe?

*

In diesem Garten spielt eine meiner eindrücklichsten und ausgedehntesten Traumszenen:

Ich sehe einen starken Mann, der mit schweren Ketten an ein Hausdach gefesselt ist. Eines der großen Mietshäuser an einer breiten Chaussee in Paris, das oberste Stockwerk mit Dächern, steil wie Wände, aber schon mit Schiefer gedeckt, und er steht da mit nacktem, verschwitzten Oberkörper, so viel tätige Kraft durch schweres Eisen zur Nutzlosigkeit verdammt. Und ich denk noch, „das ist jetzt aber totaler Quatsch, was soll das nur bedeuten?", da switcht das Bild, wie bei einem Schnitt im Film und es ist das Noll-Haus, Maria und ich streifen herum, den Blick immer auf die Haustüre, ob sich dort etwas regt. Im Gegensatz zu den Pariser Dächern ist der starke Mann jetzt an ein Dach gefesselt, das nicht begehbar ist. Keine Hilfe möglich, die einfach von einem Balkon aus hinkommen könnte. Jetzt schiebt sich eine hellblaue Schiebewand vor ihn, wie eine überdimensionierte Karteikarte, wir können ihn nicht mehr sehen. Die Türe zum Haus steht offen, es öffnet sich der Blick auf eine Treppe, Frau Noll steht links daneben, eine Hand auf dem Geländer, ihr Blick ganz ruhig auf uns gerichtet, abwartend, aber nicht unfreundlich. Sie hat einen Gast, auf der Treppe sitzt ein Junge. Das muss der fünfjährige Junge sein, von dem in der Zeitung stand, dass er vermisst wird. Der sitzt da aber ganz munter, die Hände auf den nackten Knien, bereit aufzustehen und zu uns zu kommen. Dann wieder ein Schnitt und wir stehen im Garten meines Elternhauses, da steht meine Mutter in einem riesigen schwarzen Umhang, unter dem der fünfjährige Junge ist, und sie ist dabei, ihn zu absorbieren, ihn über die Haut in ihren Bauch aufzusaugen. Sie ist die Hexe, nicht die alte Noll.

Die Bilder drehen sich immer schneller, zwei kurze Schnitte: Ich im wunderschönen Dornröschen-Faschingskleid, das mit dem weißen, weich fallenden, bauschigen Rock und den aufgestickten Rosen. Und dann Eva auf dem weißen, mit Rosenblättern bedeckten Totenbett in einem stillgelegten Krankenzimmer im Dritten Orden — das hatten die Schwestern wirklich für sie gerichtet.

Diese Szene hielt mich ein paar Tage lang gefangen. Mittlerweile weiß ich, dass das bei diesen Szenen immer so ist, sie bleiben eine Zeitlang und verändern sich in den darauffolgenden Tagen oder bekommen eine Fortsetzung, mit der sie sich im besten Falle lösen.

Später sitzen Eva und ich im Wohnzimmer nebeneinander auf dem Sofa in der Erwartung, dass Mama zurückkehrt. Wie wird sie wohl drauf sein, nachdem sie einen Fünfjährigen absorbiert hat? Hat sie das befriedet? Ist sie satt? Wird sie uns verschonen? Unsere Gemeinsamkeit nimmt der Situation die Bedrohung. Wir fangen an, Karten zu spielen, mit einem doppelten Satz Canasta-Karten, so wie wir es früher oft gemacht haben. Mit den doppelten Karten kann man nur gewinnen und beim Kartenspielen mit Eva war das gemeinsame überdimensionierte Gewinnen essenziell. Unsere Lage verliert zusehends an Dramatik, wir sind beschäftigt. Wir sehen sie draußen auf der Terrasse herumlaufen, nicht nur durch die Glasfenster von uns getrennt, sondern auch wie in einem anderen Film. Ihr Bauch quält sie, sie ist unruhig, dreht und windet sich, brabbelt vor sich hin. Da kommt er wieder unter ihrem Rock hervor, ihr

Bauch hat ihn wieder ausgespuckt, meinen fünfjährigen Jungen. Der ist unverdaulich und wird immer in meiner Nähe sein, wenn ich ihn brauche. Von der Küche her kommt sie zurück ins Wohnzimmer, fragt uns, ob wir etwas essen wollen, alles ganz normal, keine Hexe weit und breit. Obwohl wir alle sie gesehen haben und wir alle drei es wissen, tun wir gemeinsam so, als wäre nix.

*

Immer wieder die Fünf. Die Fünf tauchte in vielen Szenen auf, mal vermutete ich mein Alter dort oder ich konnte sie diesem Alter zuordnen, zum Beispiel, weil ich einen Schulranzen geschenkt bekam und ich ja gerade noch fünf Jahre alt war, als ich in die Schule kam. Darauf war ich sehr stolz.

Manchmal hatte es aber auch nicht direkt mit dem Alter zu tun, es gab Traumszenen, in denen ich unbedingt in den fünften Stock gelangen musste, der Aufzug aber nur in geraden Stockwerken hielt.

Und es gibt eine längere Sequenz, die ganz erzählt werden möchte:

Ich sitze mit Dr. Alexandra (meiner Hausärztin) und Micha auf der Rückbank eines Autos, vermutlich ein VW Golf oder so, und ein älteres Pärchen fährt uns durch enge Spielstraßen und rücksichtslosen Gegenverkehr, dann wieder durch eine weite Landschaft. Micha liegt ganz eingequetscht am Fenster, hat es ein bisschen aufgestellt und raucht. Dr. Alexandra will, dass er aufhört, da hält er mir die Zigarette hin, mit einem Jack-Nicholson-Grinsen.

Dann steigen vorne zwei von drei Leuten aus, wie an einer Bushaltestelle, Dr. Alexandra kann sich nach vorne setzen, alles wird ein bisschen entspannter. Wir kommen an ein Hochhaus, ganz oben so ein bisschen Neckartürmemäßig, aber es erweitert sich nach unten in eine fast indisch anmutende Glitzerwelt. Ziel ist es, mich zum Kardiologen zu bringen und mitten in diesem Lichtermeer entdecke ich das Praxisschild. Anmeldung im vierten Stock, Praxis im fünften. Da ist sie, die Fünf!

Dann ist es plötzlich wie eine Entlassung aus dem Krankenhaus, ich habe eine Jacke, die mir nicht gehört und will sie schon liegenlassen, bis mir einfällt, dass sie Dr. Alexandra gehört, eine große Sporttasche und obenauf mein neues Baby, ganz dick eingepackt wie ein russisches Püppchen. Auf dem Weg nach draußen landen das Baby – einfach noch ein Max – und ich in überdimensionierten Spielgeräten, wo wir im freien Raum an einem Gestänge aufgehängt irgendwelche Aufgaben erledigen sollen. In bunten Riesenräumen, in jeder Ecke ein überdimensioniertes, buntes Handy-Spiel, in die dritte Dimension gekippt.

Alles doof, also gehe ich mit meinen Bündeln raus, da ist eine Art Kaffee-Ecke und ich will meinen neuerlichen Max jetzt mal aus seinem Windelpaket schnüren und ihn mir genauer anschauen. Das kleine Wesen lacht mich an und hat sogar schon kleine Milchzähne, immer paarweise zwischen Lücken angeordnet. Dann kommen Leute vorbei und machen eine freundliche Bemerkung und ich antworte ganz stolz: „Das ist mein dritter, 28 und 17 Jahre und jetzt der hier, einen solchen Abstand muss man mir erst mal nachmachen!"

Beim Rätseln über die Häufung der Fünf auf des Doktors Couch fragte er, ob es in diesem Alter besondere Ereignisse gegeben hätte. „Ja", sagte ich, „Oma Jaja ist gestorben und wir sind von meinen Großeltern weg in den neuen Anbau gezogen." „Das ist ja schon Einiges", antwortete er.

Der Bruch, den der Umzug für mich bedeutete, ist mir mit der Erinnerung an den Buttermesser-Morgen klar geworden, aber Oma Jaja? Oma Jaja kam ja nur hin und wieder zu uns und ich kann mich nicht erinnern, eine enge Bindung zu ihr gehabt zu haben. Sie hieß übrigens in Wirklichkeit Maria. Die kleine Eva hatte das nicht aussprechen können und sie „Jaja" genannt, der Name ist ihr dann geblieben. Woran ich mich allerdings erinnere, ist, dass wir, kaum dass sie gestorben war, plötzlich jeden Sonntag in die Kirche gehen mussten, weil Oma Jaja eine sehr gläubige Katholikin gewesen war und wir jetzt ihrem Andenken folgen mussten. Eine Zeitlang nur, dann siegte die verkaterte Müdigkeit meiner Mutter an den sonntäglichen Morgen.

Wieder helfen mir alte Fotografien beim Verständnis weiter. Es gibt eine weihnachtliche Szene, in der ich, vielleicht gerade ein Jahr alt, auf dem Schoß meiner Mutter sitze und mit einer – neuen? – Puppe hantiere. Im Hintergrund sieht man ihre Mutter, eben diese Oma Jaja, im Sessel sitzen, zurückgelehnt und entspannt lächelnd. Und einige andere Bilder: Auf einem sind wir alle im Garten und meine Mutter ist in die Hocke gegangen, um mir im Laufstall nahe zu sein, während Oma Jaja am Kaffeetisch sitzt. Mir kamen diese Bilder immer komisch vor, bis ich irgendwann begriffen habe, dass sie Show waren, eine Vorführung für meine Oma. Sie hat die gute Mutter gegeben, wenn Oma zugesehen hat.

Ich zwickte einmal im Reitstall, vermutlich in dem Sommer, in dem ich sechs Wochen dort arbeitete (als Urlaubsvertretung für einen Lehrling, dafür gab's Kost und Logis und zehn freie Reitstunden, das nur nebenbei), ein Pferd schmerzhaft in die Nüstern, in einem unbeobachteten Moment. Esplanat hieß er, ein Wallach, und er war von allen gefürchtet, weil er bei jeder sich ihm bietenden Gelegenheit biss, mal aggressiv, mal hinterhältig. Ich hatte eine Heidenangst vor diesem Pferd und sollte ihn aus der Box holen und in dieser dunklen Box hatte ich ihn sicher am Halfter und kniff ihn an den so empfindlichen Nasenlöchern, eine kleine Rache für die Angst, die er mir bereitete. Schon, dass ich diese Szene bis heute nicht vergessen habe, zeigt, wie sehr ich über mich selbst erschrocken war, und es verfolgte mich damals lange. Ich habe es auch nie wieder gemacht. Ich muss mich auch in einer dunklen Box anständig benehmen, meine Mutter nur, wenn jemand, vorzugsweise ihre Mutter, dabei zuschaut.

Oder, wie ich es in mein Tagebuch schrieb: „Oma Jaja ist gestorben, als ich fünf war, und hat die moralischen Schranken meiner Mutter mit ins Grab genommen."

Der Radius wird weiter

Ich erinnere mich, dass meine Schwester mich mitnahm in den Schreibwarenladen. Sie brauchte eine Linoleumplatte, ich gehe mal schwer davon aus, dass die für den Kunstunterricht war. Sie war in heller Aufregung, weil sie das Wort nicht aussprechen konnte und Angst davor hatte, sich zu blamieren. Wir liefen die Pfättendorferstraße runter, das war ein bisschen hintenrum, verglichen mit dem direkten Weg über die Bauseweinallee. „Li-no-le-um" skandierte sie ohne Unterbrechung und wurde dabei eher noch nervöser, als dass sie sich beruhigt hätte.

Wenn ich mich an meine Kindheit erinnere, war ich immer im Garten und Eva immer im Haus. Ich sehe mich am Wohnzimmerfenster stehen, ich mache eine Pause von meinen Dressur-Übungen auf dem imaginären Pferd und schaue, was meine Schwester so im Fernsehen schaut. Ich spüre schon einen Impuls, mich zu ihr zu setzen, aber andererseits ist es im Garten halt besser. Vati hatte auch eine abschätzige Bemerkung übers Fernsehen gemacht. Der Garten war mein Refugium und im Haus waren Mutti und Eva, mein Radius erweiterte sich zusehends ins Umfeld, ich kämpfte zäh darum, schon in der zweiten Klasse mit dem Radl in die Schule fahren zu dürfen, erfolgreich.

Beim Kauf von Linoleum-Platten war es wohl keine gute Lösung, mir, der drei Jahre kleineren Schwester, das Reden zu überlassen, wahrscheinlich war ich zu dieser Zeit doch noch zu klein. Aber

durch mein Herumstromern wurde ich auch die, die
für das Draußen zuständig war, vor dem Eva sich
fürchtete.

*

So kam es, dass man mich mit den schwierigen Situationen belastete, vor denen Eva verschont wurde.
Mein Vater konnte nicht behelligt werden, weil er
seine Tage im Glaskasten der Kasse in der Bank verbrachte, und meine Mutter war sowieso nicht zuständig.

Ich musste Evas Zwergkarnickel, genannt Hasi,
zum Einschläfern bringen, weil es einen dicken Knoten am Hals hatte, den man für Krebs hielt. Den
Namen des Tierarztes habe ich vergessen, seine Praxis war in der Rathochstraße, und wie ich erst sehr
viel später erfuhr, war er ein Schlesier, also auch einer, der als Zugezogener mit den Obermenzingern
seine Sorgen hatte, so wie meine Großeltern zu Anfang der Dreißigerjahre, obwohl sie nur aus dem
Westend zugezogen waren. Er nahm das Tier aus der
Schachtel und griff ihm dabei so unglücklich um seinen Hals, dass der Knoten aufplatzte und – wider
Erwarten – Eiter durch die gesamte Praxis schoss.
Seine Assistentin musste kommen und alles reinigen
und dann wurde Hasi mit einer Spritze ins Jenseits
befördert. Dass das vielleicht gar nicht mehr nötig
gewesen wäre, wie Dr. Sigismund freudig feststellte,
als ich diese Geschichte erzählte, kam mir damals

nicht in den Sinn. Eklig finde ich das übrigens erst jetzt aus der Distanz, damals fand ich es irgendwie unwirklich, und der Respekt vor dem Arzt litt auch. Ich erinnere mich noch, dass der Tierarzt Hasi wieder in die Schachtel legte und ihn mir mitgab, ich solle ihn doch im Garten vergraben, das wäre netter, als wenn er ihn entsorgen würde. Ich hätte ihn ja lieber dort gelassen, wollte, dass das alles einfach rum ist, trabte aber brav mit der Schachtel und dem leblosen Tier wieder nach Hause. Da war ich vielleicht zwölf oder 13 Jahre alt. Es erfüllte mich mit einem stillen Stolz, weil ich so ruhig blieb und mich das nicht anrührte.

In diese Zeit fiel auch der Unfall im Reitstall, als eine Frau vom Pferd in einen Stacheldrahtzaun gefallen war und mit aufgerissenem Oberarm zwischen den Ställen lag, umringt von einer aufgeregten Menschenmenge. Ich versuchte, mit einem Blick über die Szenerie festzustellen, ob schon jemand den Notarzt gerufen hatte, und als ich sah, dass jemand Richtung Wirtschaft, also Richtung Telefon rannte, blieb ich einfach stehen und sah in Seelenruhe zu, wie es weiterging.

*

Die ersten Erinnerungen an die frühen Jahre im Gymnasium kreisen um die Schulwege. Es sind die deutlichsten und die, in denen ich mich so ganz bei mir fühlte; vorzugsweise nicht die mit der Tram, der 17 oder der 21, sondern die mit dem Radl, natürlich.

Eine Variante ging über die Bahnschranke an der Heerstraße und dann über die Menzingerstraße, und direkt danach konnte ich in die Nusshäherstraße abbiegen. Dort ist ein breites Stück Wald zwischen den anliegenden Häusern und der eigentlichen Straße, durch den sich ein kleiner Trampelpfad schlängelte (oder schlängelt, wer weiß?). Dort konnte ich einen kleinen, wilden Slalom über die Wurzeln schwingen und dabei davon träumen, als Anführerin eine Bande andere Kinder auf diesem Weg zu leiten, die Rote Zora von Obermenzing. Diese ausgesuchten kleinen Fluchten, weg von den asphaltierten Straßen, waren wichtige Ankerpunkte. Auf dem weiteren Weg kam ein kleines Waldstück mit einem Bächlein noch bevor man ins Kapuziner Hölzl kam. Dort gab es einen Trimm-Dich-Pfad, den ich über die Jahre beim Verwittern beobachten konnte.

*

In letzter Zeit passiert es mir immer wieder mal, meistens morgens, dass das Vogelgezwitscher mich direkt in die Kindheit zurückwirft. Es sind bestimmte Vogelklänge, welche, weiß ich nicht, vielleicht einfach nur das Gurren der Tauben, und plötzlich bin ich wieder genau an dieser Ecke an der Nusshäherstraße, wo ich von der asphaltierten Straße in den Wald abtauchen kann. Genau da verbindet sich das mit meiner Oma Luisl.

Im Februar 1940 schrieb sie in einem Brief an ihren Mann, meinen Opa Gustl, den sie als 40-jährigen noch einmal eingezogen hatten:

„Gestern konnte ich lange nicht einschlafen, wenn ich ganz allein bin, dann habe ich halt schrecklich Zeitlang. Will aber zufrieden sein, wenn es dir gut geht. Aber Ostern wirst du doch bestimmt Urlaub bekommen es ist doch so früh heuer. Das Kissen haben wir extra geschickt. Heute war es wieder so kalt. Bin vom Botanischen Garten zu Fuß ans Untermenzinger Geschäft durch die Weidmannstraße. Da ist viel Wald und ich habe gedacht, daß du ebenfalls durch den Wald immer gehst. Soll ich dir eine neue Uhr schicken? Also nun schließe ich & grüße dich & küsse dich Deine Luise"

Luise geht in Gedanken gemeinsam mit ihrem Gustl durchs dunkle Grün, einer der wenigen Briefe, in dem ich sie über die Jahrzehnte hinweg ganz nahe mit ihren Wünschen und Sehnsüchten spüren kann. Ich kann mich mit ihr treffen an der Kreuzung, als wäre Zeitreisen eine meiner leichtesten Übungen.

Dieses Treffen atmet den Hauch des Todes, weil dieses Hinüberreichen über die Jahrzehnte hinweg mich an den Moment gemahnt, in dem alle Zeit in eins fällt. Meine Traumsequenzen lassen mich manchmal die Vergangenheit wie gegenwärtig erleben und daraus ist die Vorstellung entstanden, dass im Sterben das vergangene Leben nicht wie ein Film abläuft, wie viele mit Nahtoderfahrung berichten, sondern dass die Zeit sich auflöst und ihre Linearität verloren geht. So stelle ich mir den Tod vor. Meine Mutter und Eva Schwesterherz waren der festen Überzeugung, dass man beim Sterben seine Ahnen wiedertrifft und ich habe das lange ungefragt übernommen, bis es mich immer mehr davor gegruselt hat. Wenn es denn wirklich so sein muss, wäre es eine schöne Variante, mit meiner Oma an einem verschneiten Wintertag an dieser Kreuzung zu stehen.

*

Wenn man meinen Schulweg weiterverfolgt, kommt man hinter der Bayerischen Landesanstalt für Bodenkultur, Pflanzenbau und Pflanzenschutz vorbei. Die muss mit vollem Namen genannt werden, weil nach meiner Mutter, die in der Zahlstelle arbeitete, meine Schwester dort anfing mit einer Ausbildung zur Landwirtschaftlich Technischen Assistentin. Ich war dort auch ein paar Wochen, in den Schulferien meine ich, saß in der Pforte und verdiente mir dort als Telefonistin etwas dazu.

Und jetzt fällt mir schon wieder eine Geschichte ein. Ich trug damals indische Hippie-Kleidchen und als ich zu meinem grünen Kleid rote Socken trug (das mit dem Ton-in-Ton hat mir erst mein späterer Freund nachhaltig eingebläut), kam meine Mutter zu mir – sie musste nur über den Gang aus ihrer Kasse zu meiner Pforte am Hinterausgang – und trug mir die Beschwerden ihrer Kollegen oder Chefs zu. Um weitere Blamagen zu verhindern, kaufte sie mir grüne Socken und ich hatte die Verve, mir dafür Evas Indienkleid in Rot auszuleihen. Wieder mal eine der verschollenen Anekdoten, die mir zeigen, dass ich meine Mutter doch nicht so demütig ertragen habe, wie es mir oft vorkommt.

Wenn man jetzt dann endlich auf diesem Weg weiterradelt, kommt man nach dem schon erwähnten Maria-Ward-Gymnasium vorbei an der Vorderfront des Nymphenburger Schlosses. Ich habe es so gemocht, dieses Rechteckige, das mir bescheiden vorkam gegenüber den protzigen barocken Rundungen (die ich damals so nicht hätte benennen können), diese Weite, die sich öffnete, wenn man von der Seite auf einmal ans Rondell kam. Ich mochte den Gegensatz zwischen der hellstrahlenden Weltberühmtheit, die ich immer spürte, und meinem alltäglich-bescheidenen Dran-vorbei-Geradel wie an einer verschiebbaren Theater-Kulisse.

Und da ist dann der Kanal, eingerahmt von der südlichen und nördlichen Auffahrtsallee. Ich erinnere mich an einen Winter, in dem es so kalt war, dass das Eis am Kanal dick genug zugefroren war, dass man Schlittschuhlaufen konnte. Ich war noch klein und saß auf dem provisorischen Holzsteg, der aufgebaut worden war, damit man bequem aufs Eis konnte. Mein Vater half mir, die Rutscherle umzuschnallen, die hatten jeweils zwei Kufen. Wahrscheinlich war ich zum ersten Mal auf dem Eis unterwegs.

Ich war noch einmal an dieser Ecke auf Schlittschuhen unterwegs, mit 15 oder 16 Jahren. Einige Klassenkameradinnen und ich waren auf einem See im Schlosspark unterwegs, das muss der Badenburger See gewesen sein. Ich war mit Abstand die schlechteste Schlittschuhläuferin und sehr unsicher unterwegs. Eigentlich erinnere ich mich nur an den kleinen, kurzen Moment, in dem mich links und rechts eine Kameradin unterhakten und über meine wacklige Angst wegzogen. Danach klappte es mit dem wundersamen Gleiten.

Die andere Möglichkeit, mit dem Fahrrad in die Schule zu kommen, war der Weg hinten an der Schlossmauer des Nymphenburger Schlosses entlang. Hintenrum bekam man das Schloss nur an den wenigen Stellen zu sehen, an denen die Mauer abgesenkt war – und dahinter befand sich dann ein Graben, um auch so ungebetene Besucher vom Schlosspark fernhalten zu können. Wenn ich auf dem sandigen Weg direkt an der Schlossmauer entlang mit meinem Fahrrad entlangbrauste, reichte es meistens nicht für einen Blick rüber im richtigen Moment. Die Strecke hinterm Schloss ist schön (oder war schön, ich weiß ja nicht, wie es heute dort aussieht), weil es dort eine weitläufige, von Bäumen eingefasste Wiese gab, eine ungewöhnliche Weite, weil man ja eigentlich mitten in der großen Stadt war. Aber das Schloss selbst zeigte einem auf diesem Weg schon seine ungeschminkte Rückseite. Und dann, wenn man die Straße zur Laimer Unterführung überquerte, durfte man noch durch den Hirschgarten, auch der hat den Klang von vergangenen berühmten Zeiten.

Ich mochte die Blicke, die sich nach den Kurven auftaten, die Lieblingsstellen mit einer interessanten Mauer oder einem versteckten Blick aufs Wasser. Ich mochte es, ganz Auge zu sein, nur das aufzunehmen, was ich sah, ohne Deutungen, ohne Verbindungen, als einziges Gefühl eine raue Zartheit für die Schönheit. Ich mochte das Unterwegssein, das Für-mich-sein, und besonders die Freiheit, weder zu Hause noch in der Schule sein zu müssen. Das Draußensein hatte eine eigene Qualität für mich. Ich frage mich, ob das noch weiterreicht als das schiere In-der-Natur-sein.

Autobahnsee und andere Gewässer

Das Radeln ist das eine, aber in viel umfassenderen Sinn von Bedeutung war für mich das Wasser. In den Wochen, in denen meine Mutter das Sterben zwingen wollte, hielt ich es einmal einfach nicht mehr aus. Das war schon die Zeit, in der sie uns zu dritt Tag und Nacht beschäftigen konnte, mit ihren Hallo-hallo-ich-bin-ganz-allein-Gesängen, wenn man für drei Minuten durchschnaufen wollte.

Ich setzte mich aufs Radl und wollte in einem großen Bogen an den Autobahnsee radeln, alle erschöpfte Verzweiflung rausstrampeln. Ich verfuhr mich dabei so gnadenlos, dass ich voller Angst war, den Weg zurück nicht mehr finden zu können, bevor ich zu erschöpft wäre, um weiterzufahren. Und dann war ich plötzlich doch am hinteren Ende des Sees gelandet. Radelte ans vertraute Ende des Sees und sehe mich noch heute dort am groben Kieselstrand stehen und den Gott anbeten, an den ich seit Teenagertagen nicht mehr glaube, dass er sie endlich zu sich nehmen solle, dass er sie endlich erlösen solle und mich gleich mit von ihr.

Auf den Baggersee meiner Kindheit zu schauen und sich mit allen Wassern zu verbinden, half immer. Dieser Ausflug muss im März oder April gewesen sein, das erklärt, warum ich nicht schwimmen ging. Wenn ich lange genug ins Wasser schaue, fällt es mir sonst schwer, mich zu beherrschen. Ich kann mich an eine ähnliche Fahrradfahrt erinnern, als

Teenager. Das war in den Herbstferien, also in der letzten Oktoberwoche, und es war der Waldschwaigsee, wo man an einem langen Seil übers Wasser schwingen und dann von weit oben ins Wasser springen konnte. Vielleicht war auch das ein Ausflug, weil ich es nicht mehr aushielt? Ich kann immer noch den Moment der Entscheidung spüren, als ich mich bis auf Unterhose und BH ausgezogen hatte (warum eigentlich nicht ganz? Es war weit und breit kein anderer da) und in das herbstlich kalte Wasser reinplantschte. Richtig kalt ist Wasser, wenn man nach dem Eintauchen erst mal keine Luft holen kann, das lernte ich bei diesem Ausflug.

*

Als ich kleiner war, war der abendliche Ausflug zum Autobahnsee ein Sommerritual meiner Familie. Wenn mein Vater von der Bank nach Hause gekommen war und die erste Erschöpfung ausgesessen hatte, fuhren wir raus und dort saß er dann auf seinem Handtuch und wartete darauf, dass die zweite Erschöpfung vorbei ging, während meine Mutter ins Wasser vorauseilte, ihre zehn Züge nach links und ebenso viele nach rechts abzählte, um dann wieder rauszukraxeln und mit anfangs schweigender Ungeduld darauf zu warten, dass er sich endlich aufraffte. Manchmal war ich schon vorgegangen und kreiste im Wasser, bis er kam, aber meistens ging ich gemeinsam mit ihm. Auch hier hatte er die Ruhe weg und gewöhnte sich langsam an die nasse Kälte, bis er dann endlich in Rückenlage und mit ausladendem

Geplantsche sich in Gänze ins Wasser begab. Den Trick, rückwärts ins Wasser zu gehen, schaute ich mir von ihm ab, das schützt den empfindlichen Bauch. Meist schwammen wir raus, bis wir auf Höhe des Steges vom Wasserrettungshäusel waren, plantschten dann ein bisschen herum, manchmal redeten wir, manchmal nicht, aber es war immer ein besonderer Moment, Welten entfernt von allem und von allen anderen im Mittelpunkt des Sees.

Ich erinnere mich, dass er und ich auf dem Parkplatz des Sees von einem Gewitter überrascht wurden und wir die schlimmsten Blitze und das darauffolgende Gedonner im Käfer abwarteten, oder schon im Golf, genau weiß ich das nicht mehr. Wir waren nur zu zweit, weil weder die Mutter noch Eva das Risiko einer verpatzten Gelegenheit hatten eingehen wollen. Und als es nur noch regnete, sind wir in Badeklamotten zum See und als uns die Flucht vorm Regen ins Wasser gelungen war, sahen die Regentropfen aus, als würden sie senkrecht nach oben springen. Der See gehörte uns, niemand anderes war da und alles atmete.

Ein andermal waren wir mitten auf dem See und ein anderer Schwimmer – ein Kunde von der Bank – sprach meinen Vater an, ob ich seine Tochter wäre. Und in seiner höflichen Art bejahte er. Kaum war der Typ außer Sicht- oder besser Hörweite, fing mein Vati an, prustend zu lachen und bemerkte: „Ich hätt' sagen sollen, dass du mei Freundin bist!"

Ich habe einen wiederkehrenden Traum, oft spielt er in einem Schwimmbad, manchmal aber auch im freien Wasser: Ich tauche schon ein langes Stück, immer tiefer und in genau dem Augenblick, in dem die Bedenken aufblubbern, dass mir die Luft ausgehen könnte, genau da fällt mir ein, dass ich ja unter Wasser atmen kann. Ich öffne meinen Mund und lasse das Wasser reinfließen und die Atemnot ist vorbei, ich tauche einfach weiter. Obwohl ich diesen Traum immer wieder träume, weiß ich nie von Anfang an, dass ich auch unter Wasser atmen kann, es gehört dazu, dass mir das erst im Laufe des Traums einfällt.

Es gibt diesen Traum übrigens auch in der Flugvariante, da laufe ich an den Klippen von Dover über die Steilkante und erst, wenn ich schon in der Luft bin, fällt mir ein, dass ich ja meine Flügelarme ausbreiten und über das Meer hinweggleiten kann.

*

Das Wasser ist eine der wenigen Konstanten in meinem Leben. Als Max in den Kindergarten kam, war das Erste, was ich mit der neuen Freiheit anzufangen wusste, das Herzogenriedbad. Daran bin ich damals gewachsen, als ich merkte, dass man einfach weiterschwimmen kann und nicht nach spätestens vier Bahnen eine Pause machen muss. Mein erster Kilometer am Stück stammt aus dieser Zeit und ich bin ihm lange treu geblieben, in diversen Schwimmbädern, groß geratenen Teichen und richtigen Seen. Den Autobahnsee habe ich einmal quer durchschwommen, mit einer Pause auf der Halbinsel. 700 Meter einfach habe ich mal geschätzt. Mitten im See, am weitesten entfernt von allen Ufern, über der tiefsten Tiefe gab es diesen kleinen Moment, in dem das unendliche Petrol-Dunkelgrün mich hinabziehen wollte und ich den Reiz dieses Sogs zu ahnen begann, der zuvor immer ein Algen-Verschling-Grusel gewesen war.

Und das Meer natürlich. Mit 17, auf der Interrail-Reise, als wir uns über England, Schottland und die Bretagne endlich zum Atlantik vorgearbeitet hatten und die Temperaturen anfingen, den ausschließlich dünnen Klamotten zu entsprechen, die ich in meinen Tramper-Rucksack gepackt hatte. Irgendwo an dieser langen, schnurgeraden Küste, wo alle Wellen unter zwei Meter Höhe nicht als Wellen gezählt werden. Meine ersten Versuche, dort ins Wasser zu kommen, waren wahrscheinlich schon fast komisch anzusehen. Mit dieser Wucht der brechenden Wellen hatte ich nicht gerechnet und so spülte das Wasser mich mit schöner Regelmäßigkeit wieder zurück an den Strand, wo ich dann prustend im auslaufenden Wasser saß. Am Abend waren meine Oberschenkel aufgescheuert vom Sand. Der erste Schock, von der Gewalt des Wassers überwältigt worden zu sein, wich dem Genuss, sich von der Natur selbst überrollen zu lassen. Bald hatte ich dann auch gelernt, den richtigen Moment abzupassen, und kurz bevor die Welle schäumend brach, unter ihr wegzutauchen. Hinter der Brandung war dann Ruhe, eine andere Welt, getrennt vom Treiben am Strand.

Auch der erste Ausbruch aus der depressiven Starre war im Schwimmbad. Das Montemare in Kaiserslautern, genau in der Mitte zwischen meinen heutigen Heimaten gelegen. Ich stemmte mich gegen all den Krampf, gegen die Starre, gegen die weiße Wand mit dem ersten Schwimmbadbesuch nach meinem Zusammenbruch. Bahnen schwimmen, bis die Erschöpfung der Routine wich. Von dem meditativen Aufräumen in der gleitenden Monotonie der Bewegungen, was das winterliche Schwimmen im Hallenbad lange gewesen war, war ein stures Bahnen zählen übriggeblieben, aber die 1000 m zu erreichen, war die Schwelle, über die ich musste. Heute weiß ich, dass ich mich getäuscht hatte und es nur 500 Meter gewesen waren. Irgendwann später fragte ich den Bademeister und musste mich darüber aufklären lassen, dass das vermeintliche 50-Meter-Becken nur 25 Meter lang war. Gut, dass ich das damals noch nicht gewusst hatte. Das alles überwältigende Schluchzen, das hinterher unter der Dusche aus mir herausbrach, zeigte zum ersten Mal, dass der Panzer Brüche bekam.

Dicker Hintern

Solange ich Kind war, funktionierte die Konstellation mit dem engen Band zwischen Mutti und Eva und mir als lose herum kreisenden Flatterball, der gerne auf die anderen Statisten im Haus auswich, ganz gut. Problematisch wurde es mit der Pubertät.

Es kristallisierte sich langsam heraus, dass ich nicht nur klüger als meine Schwester war, sondern auch, dass das "Passt auf, dass ihr nicht so einen Hintern kriegt wie ich, sonst bekommt ihr keinen ab", bei mir abprallte – genau das, was meine Schwester gebrochen hat. Eva konnte meine Mutter klein halten, um mich klein zu halten, musste sie andere Geschütze auffahren. Eva war schon damit beschäftigt, sich zu schminken und ihren zu dicken Hintern in kaschierender Kleidung zu verbergen für Abende, in denen sie mit ihrer besten Freundin ausgiebig in Kneipen herumsaß und darauf wartete, von einem Kerl angesprochen zu werden. Was ich nicht verstand. Wenn, dann ging man doch in die Kneipe, um sich ausführlich mit der Freundin zu unterhalten, ein fremder Kerl würde da doch nur stören?

Meine Mutter hatte ein komplexes Dreieckssystem errichtet, das sich mir erst im Laufe der Therapie erschloss. Das Bild einer fliegenden Konstruktion, zusammengesteckt aus Stahlstangen wie für ein Gerüst, begleitet mich seitdem. Es bildet ein Dreieck im Großen, aber auch die Querstreben zur Stabilisierung bilden wieder Dreiecke. Zurzeit hat es sich in ein Gerüst gewandelt, an das viele bunte, flatternde Tücher gebunden sind. Ich kann darin munter herumklettern und es gibt mir Halt davor, in die darunter befindliche dunkle Tiefe zu stürzen. Das ursprüngliche Dreiecksgerüst war anders, in das war ich eingespannt, zur Bewegungslosigkeit verdammt, als wäre ich auf ein mittelalterliches Folterrad gespannt.

Die ungebrochene Symbiose zwischen meiner Mutter und Eva, die in dem Spruch mit dem dicken Hintern sichtbar wird, hätte mir – eigentlich – eine Distanz verschaffen müssen, um mich entwickeln und entfalten zu können. Dass es mir so oder so an mütterlicher Zuwendung gefehlt hätte, fällt mir beim Verfolgen dieses Gedankengangs gar nicht auf. Das stand einfach außer Frage.

Ich kann nicht richtig fassen, wie es entstanden ist. Eva selbst hatte einen Spaß daran, mich zu triezen. Ich erinnere mich daran, dass sie mich an den Haaren zog, spielerisch, mal links mal rechts und vor meinen Verteidigungsschlägen geschickt wegsprang. Irgendwann wusste ich mich nicht mehr zu wehren und erwischte sie am Kopf. Auf die Köpfe hauen durften wir nicht, das war die Regel. Und sofort unterbrach sie ihr Triez-Spiel und rief nach unserer Mutter: "Die hat mir auf den Kopf gehauen!" Das funktionierte und nur ich wurde geschimpft, ihr deutlich sichtbarer Triumph blieb ungesehen. Das ist ein typisches Große-Schwester-Ding, das war gemein, ist aber etwas, was ich mit unzähligen kleinen Schwestern gemeinsam habe.

Ich kann mich nicht erinnern, dass ich ermahnt worden wäre, mit guten Noten nicht anzugeben, meine allgemeine Klugheit nicht zur Schau zu stellen oder irgendetwas in der Art. Ich hätte auch nicht vermutet, dass meine Mutter den oben erwähnten Gehirnschmalz benutzte, um mich in den Griff zu bekommen. Ich bin lange davon ausgegangen, dass sie einfach den Fokus darauf hatte, das kränkliche Evilein, diejenige, die sich in der Schule schwertat, die, der wegen des besagten dicken Hinterns voraussichtlich wenig Erfolg bei den Männern beschieden sein würde, zu beschützen. Ich war in keinster Weise schwierig, ich brauchte keine Hilfe bei den Hausaufgaben, ich verbrachte meine Nachmittage auf einem buchstäblichen Steckenpferd, mit dem ich Turnierhallenpfade in die Wiese des Gartens trampelte – wo ist das Problem?

Während ich noch damit beschäftigt war, meine Mutter zu entschuldigen, half mir meine beste Freundin von allen auf die Spur. Wir hatten es von den Abiturzeiten und ich erzählte ihr von meinem damaligen Vorsatz, nicht speziell auf das Abitur zu lernen, eine selbstgewählte Challenge, wie ich es in Erinnerung hatte. Und dann sah ich mich auf der sonnenbeschienenen Terrasse sitzen mit den kleinen Mathe-Abi-Vorbereitungsbüchern und der steigenden Frustration darüber, dass meine Mutter mich spätestens alle zehn Minuten unterbrach, um mich zum Beispiel den Mülleimer ausleeren zu lassen. Wenn ich mich zum Lernen in mein Zimmer zurückzog, gab es danach strafende Blicke. Sie mochte es nie, wenn man sich auf etwas konzentrierte und damit die

Aufmerksamkeit von ihr abwandte, unterbrach mich auch gerne beim Lesen, aber das hatte eine besondere Qualität. Sie boykottierte mein Lernen.

Die beste Freundin von allen, selbst Mutter von zwei Töchtern, erzählte davon, wie bei der töchterlichen Abiturvorbereitung alle auf Zehenspitzen herumschlichen, um nicht zu stören. Da stiegen Bilder auf von stolzen Müttern bei Abi-Feiern – und ich kann mich nicht erinnern, dass ich überhaupt hingegangen wäre. Das Dirndlgebot hatte mich abgeschreckt, aber ich wüsste auch nicht, dass meine Eltern irgendein Interesse daran angemeldet hätten. Erst mit diesem Perspektivwechsel wurde mir klar, dass meine Mutter mein Abitur als lästige Angelegenheit ansah, die mich davon abhielt, ihr im Haushalt zu helfen – nicht, dass Eva und ich uns da jemals hervorgetan hätten. Aber darüber hinaus war es kein Erfolg für mich, sondern ein Affront gegen meine Schwester, nichts, für das ich Anerkennung verdient hätte. Dieses Vorgehen, sagt die beste Freundin von allen, geht nicht nur mit Intuition und Beschützerinstinkt für die schwächere Tochter, dazu braucht es Gehirnschmalz und: Bosheit, also Absicht.

Ich habe das Abitur übrigens bestanden. Und ich habe auch Gelegenheit zum Lernen gefunden, auch wenn ich mich daran nicht mehr erinnert hatte: Auf dem letzten Klassentreffen, dem ersten, an dem ich nach 40 Jahren teilnahm, erfuhr ich, dass ich meiner Schulfreundin Christel fleißig Nachhilfe gab und damit wohl unser beider Mathe-Abi rettete. Dort lernte ich auch über mich, dass ich wohl Freundin-

nen hatte, einige sogar, und die wussten eine Menge
von mir, ich hatte also von mir erzählt. Und ich wurde sogar beneidet! Weil wir nach Jugoslawien in Urlaub fuhren, ein gefährliches Abenteuer im gefürchte-
ten Ostblock.

Die Abwertung durch meine Mutter hielt sich lange. Ich erinnere mich an ihre späte Empörung, als ich
es gewagt hatte, schon Jahre mit dem M. A. der
Kunstgeschichte ausgestattet, mich als Akademikerin
zu bezeichnen. Akademiker, das wären Ärzte oder
Anwälte, aber doch nicht ich. Das hatte wenigstens
schon eine Prise Witz, weil sie so dumm war, sich
damit nicht auszukennen.

Meine Erfolge wahlweise zu verstecken oder ab-
zuwerten, hat sich bei mir eingeprägt, das blieb im
gesamten Berufsleben so. Es machte mich zu einer
braven Arbeitsbiene, obwohl ich mich auf meinen
superkreativen Extra-Projekten gut hätte ausruhen
können. Als der berühmte "Adventskalender", den
ich programmiert hatte, online gegangen war und
sich zu einem Renner in und außerhalb der Firma
entwickelte, saß ich da, war für kurze Momente immer ein bisschen stolz und zog mich dann auf meine
alltäglichen Aufgaben zurück. Ich kann mich nicht
erinnern, davon in Obermenzing erzählt zu haben.
Ich hätte ja Eva Schwesterherz, die von allem
sprichwörtlich nicht den blassesten Schimmer hatte
und sich für mein Berufsleben auch nicht im Gerings-
ten interessierte, brüskieren können. Dass es in der
heutigen Berufswelt nicht von Vorteil ist, wenn man

mit seinen Erfolgen nicht nachhaltig protzt, sei hier nur am Rande erwähnt.

Der letzte Hauch davon umwehte mich, als der Ex-Schwager, Jahre nach dem Tod meiner Schwester, in meinem neuen Reich zu Besuch war. Wir waren nur zu zweit und saßen nach dem Abendessen auf der Terrasse und er fing an, mir zu erzählen, wie sehr es Eva doch belastet hatte, dass ich so klug war und Abitur hatte und sie nicht. Vorwurfsvoll. Dieses System hatte in ihm einen Satelliten wie meine Metastasen in der Lunge kleine Trabanten haben.

Jetzt fällt mir auch wieder ein, wie das war mit Evas Schulkarriere. Sie hatte die neunte Klasse wiederholt und die zehnte mit Hängen und Würgen bestanden. Für ein Verbleiben am Gymnasium hätte sie die Zehnte noch einmal wiederholen müssen, und es hätte wohl eine Ausnahme für sie gegeben, innerhalb einer Stufe zweimal wiederholen zu können. Das stand aber außer Frage, weil sie dann mit mir, ihrer drei Jahre jüngeren Schwester in eine Klasse gemusst hätte. Jetzt verstehe ich, dass meine schulterzuckende Reaktion darauf nach dem Motto: "Ist doch egal, ob man Abi hat oder nicht, so wichtig ist das auch nicht!", (eine Haltung, die Leuten mit Abitur vorbehalten ist, wie ich mittlerweile weiß) bei dieser Demütigung nicht half. Abgesehen von meiner Ignoranz beschleicht mich aber auch das Gefühl, dass das gezwungene Verstecken meiner Erfolge es eher noch schlimmer gemacht hat.

Warum musste unsere Mutter uns kleinhalten? Erst Eva und dann mich? Damit wir uns nicht mit Vati auf einen Feierabend-Schoppen verabreden und sie zu Hause mit dem Abendessen sitzenlassen, wie sie es mit ihrer Mutter getan hat? Nur deswegen? Ich weiß es nicht.

*

Es war der Morgen nach einem Abend, den ich allein mit meiner Mutter verbracht hatte, ein seltenes Ereignis, weil mein Vater normalerweise nicht ohne sie ausging. Sie hatte sich vorgenommen, mich über die Puchheimer Zivi-WG auszufragen, und ich war so geschmeichelt von ihrem ungewohnten Interesse, dass ich mir ernsthaft Mühe gab, ihr zu erzählen, was mir das gab.

Ich hatte die Zivis über eine evangelische Jugendgruppe kennengelernt und immer mehr Zeit in ihrer WG verbracht. Ich erinnere mich an einen frühen Morgen, wo ich mit Micha, einem der langhaarigen Zivis, über einen frisch gepflügten Acker stapfte, immer den nicht rückkehrwilligen Bumerang im Blick. Ich erinnere mich auch an eine winzige, klassisch von ungespültem Geschirr überquellende Küche, und dass ich einmal half, daraus eine saubere Küche zu machen – und mir dafür ausgiebige Kritik der emanzipierten Jenny anhören musste.

Meine Mutter war allerdings mehr daran interessiert, herauszufinden, auf welchen der Kerle ich es abgesehen hatte. Ich gab mir richtig Mühe, ihr zu erklären, dass es mir darum gar nicht ginge; insgeheim kam mir das ja selbst verdächtig vor und erst lange später habe ich verstanden, dass das In-Ruhegelassen-werden für mich das Schönste dort war.

Ich ging ins Bett, beglückt von dem Interesse und der Aufmerksamkeit, die sie gezeigt hatte, und kam am nächsten Morgen die Treppe runter, voller Hoffnung, dass wir ein Fädchen miteinander geknüpft hätten. Eben diese Treppe, auf der sie mir im Zwischenreich den Pfahl reingerammt hatte.

Sie hatte schon auf mich gewartet und kam aus der Küchentür, um mich auf halber Treppe zu empfangen. „Du hast es doch auf einen von denen abgesehen, aber der will nix von dir und deswegen tust du so, als ob du nix von ihm willst!", sagte sie, mit kaum unterdrücktem triumphierenden Grinsen.

Ich kann das, was in diesem Moment mit mir passiert ist, immer noch genau spüren. Es ist ein innerliches Zerbrechen gleichzeitig mit einer glasklaren und eiskalten Entscheidung, sie nie wieder an meinem Leben teilhaben zu lassen. Und eine kaum zu beschreibende Scham darüber, dass ich so naiv und hoffnungsfroh gewesen war. Ich hätte es doch wissen müssen.

Als ich diese Szene Dr. Sigismund erzählte, tauchte das Bild einer schimmernden Rüstung auf, die sich um meinen Torso schloss. Diese Rüstung trug ich, bis ihr Rost meine Haut darunter zerfressen hatte und in dem von jedem frischen Lüftchen abgeschlossenen Torso der Krebs sich durch meinen Thorax fressen konnte.

Auf irgendeine Weise gelang es mir danach, sie von meinem Leben abzuschotten, meistens. Der eine Trick war, sie nichts von dem wissen zu lassen, was mich wirklich bewegte. Ich erzählte ihr hundert Geschichten aus meinem Leben, wenn ich auf dem Hundesofa saß und sie, in ihrer Campingliege thronend, meine Berichte goutierte, erzählte ihr allerlei Geschichten aus meinem Leben, auf die sie hungrig lauerte, aber ich zeigte mich ihr nicht mehr. Ich bot ihr keine Angriffsfläche, weil ich in den paar Tagen, die ich da war, immer alles so machte, wie sie es wollte, und mir nur wenige, genau abgezählte Stunden mit den Freundinnen erlaubte. Wenn ich von solchen Besuchen zurück bei meiner Familie war, dauerte es Tage, bis der innerliche Eisblock wieder geschmolzen war.

Einmal hatte sie, wahrscheinlich von Eva Schwesterherz, erfahren, dass ich krank gewesen war. Ich weiß nicht mehr, was es gewesen war, aber sie stellte mich, wütend darüber, dass ich ihr davon nicht berichtet hatte – und mir gefiel diese Wut, weil ich spürte, dass ich sie getroffen hatte. Sie hatte ein Faible für Krankheiten, bei ihren ehrgeizigen Versuchen, sie auszumerzen, war sie kaum zu bremsen und dass ich ihr diese Gelegenheit verweigert hatte, hatte sie erbost.

Es gab Situationen, die bei meinem Mann und allen, die davon erfuhren, ungläubiges und entsetztes Staunen hervorriefen:

Als ich als unverheiratete Studentin das erste Mal schwanger war, schlug sie vor, dass ich das Kind doch Eva und Sepp geben sollte, die könnten ja wegen Evas Zuckerkrankheit und Sepps Vasektomie keine Kinder bekommen und hätten es ja eher verdient, weil sie wenigstens verheiratet wären. Als sie einsehen musste, dass ich mein Kind behalten würde, bot sie mir fürs Heiraten 10.000 Mark, das half damals nicht. Ungefähr acht Jahre später, als ich ihr am Telefon davon berichtete, dass wir jetzt heiraten würden, war ihre erste Reaktion: „Muss ich die 10000 jetzt noch bezahlen?" Sie musste.

Und es verletzte mich nicht. Zu absurd, zu lächerlich, ich weiß es nicht. Was hier fehlt, ist meine Scham. Diese Geschichten von ihr konnte ich jederzeit jedem erzählen und den Schrecken in den Gesichtern meiner Gegenüber mit einem Achselzucken quittieren. Ich muss diese Szenen distanzieren, in dem ich mir zum Beispiel vorstelle, eine Tochter meiner besten Freundin von allen würde ihr berichten, dass sie schwanger sei. Erst mit diesem Kniff sehe ich „die nie endende Verachtung/Missachtung der Dinge, die ich tue", von der ich in meinen 30ern mal in einem hellen Moment meinem Tagebuch berichtet habe. Es waren aber nicht "die Dinge, die ich tue", die Abschätzigkeit richtete sich gegen mich als Person – und die kleine Steffi hat bis heute nicht verstanden, womit sie das verdient hatte.

*

Ich weiß, dass es ihr noch einmal gelang, den Panzer zu durchstoßen. Ein schwacher Moment, sozusagen. Sie hatte sich einen Ausflug an den Ammersee gewünscht, und ich freute mich. Jahre, nein, fast jahrzehntelang gab es solche Unternehmungen kaum. Und wenn, dann waren sie überschattet von ihrem Drang, schnell wieder nach Hause zu kommen, weil sie wieder zurück zur Betreuung und Überwachung erst von Vati nach seinem Schlaganfall und später Eva Schwesterherz mit ihrem Brustkrebs wollte. So ganz stimmt das aber nicht. Diese Unruhe bei einer Unternehmung, es konnte auch das regelmäßige Essen Gehen sein, hatte sie immer, auch wenn zu Hause niemand wartete. Es musste hinter sich gebracht werden und entspannen konnte sie sich erst, wenn sie in der Essecke saß, ihre Freundin anrief und entgegen ihrer miesen Laune, die sie unterwegs ohne Pause zur Schau getragen hatte, ausgiebig davon berichtete, wie schön es gewesen sei.

Dieses Mal dachte ich, könnte es anders sein, sie wollte an den Ammersee, Schifferl fahren und Kaffee trinken und ich mochte diese Stelle gerne und wollte auch dort hin. Es gibt natürlich Fotos von diesem Ausflug, und wieder einmal finde ich genau die nicht, über die ich berichten will. Ich weiß von den Bildern, dass mein Sohn Piet dabei war und dass er längere Haare hatte, also muss es 2010 oder 2011 gewesen sein. Eva war schon gestorben, meine Mutter und ich waren damit die letzten Übriggebliebenen meiner Herkunftsfamilie. Vielleicht wiegte mich diese Tatsache in Sicherheit, das Wissen, dass es nur noch uns beide gab. Von der Schifferlfahrt weiß ich nur noch, dass sie auf Deck saß und dort vergnügt am Rauchen war.

Danach gab es Kaffee und Kuchen direkt an der Uferpromenade und mitten in der verdienten Süßzufuhr sagt sie wie nebenbei: „Du hast zugenommen, dein Bauch hat Ringe, so kannst du nicht rumlaufen."

Die erste Scham war die der Unfähigkeit, angemessen zu reagieren, keine Abwehr, nur ein fades Ausweichen und der vordergründigen Schmerz war der, dass ich keine Waffe hatte, mich zu wehren.

Wie verletzend das war, wie gezielt sie dieses Demütigung in genau diesem Moment setzte, das nahm ich kaum wahr, es wandte sich schneller gegen mich selbst. Dass sie mich in diesem Moment so treffen konnte, ist das, was alles überschattete. Wie konnte ich so blöd und naiv sein, mein Visier aufzumachen? Ich versank sofort in Selbstvorwürfen und wieder einmal war die Scham so groß, dass ich lange mit niemandem darüber sprach. Und weil ich darauf nicht so reagierte, wie ich es für angemessen hielt, zum Beispiel ihr zu sagen, dass sie die Schnauze halten soll, hatte ich kein Recht, mich hinterher darüber zu beschweren, kein Recht auf Schmerz, kein Recht auf Wut. Weil ich selbst schuld war, weil ich nicht fähig war, ihr Einhalt zu gebieten oder weil ich nicht stabil genug war, dass es mich einfach nicht berührte.

Das wieder in Relation zu setzen, gelang mir erst Jahre später, und natürlich erst dann, als es mir gelang, es zu erzählen. Da saß ich, die Mutter zweier Söhne, die erfolgreiche Geschäftsfrau, die freundliche

Tochter, und bekomme als Mitte 40jährige einen gezielten Schlag in die Magengrube. Der Pfahl in den Solarplexus.

Nachdem ich diesen Abschnitt geschrieben hatte, hörte diese Erinnerung nicht auf, mich zu verfolgen, und ich war mehrmals kurz davor, dieses Stückchen einfach zu löschen, weil es doch gar keine so wichtige Geschichte ist, weil es zu peinlich ist, weil es keinen interessieren wird und einige andere Ausreden.

Aufbruchsignale

Ich erinnere mich daran, dass Eva und ich zusammen in meinem Zimmer saßen, selten genug. Ich versuchte, ihr von meinen Selbstmordgedanken zu berichten. Das Eigenartige ist ja, dass nichts Schlechtes aus diesem Haus dringen durfte, und da gehörten solche Ideen dazu. Ich konnte also mit niemandem von „draußen" darüber reden. Aber wenn ich mich an meine Schwester wandte, musste es schon arg gewesen sein mit mir.

Sie explodierte fast. Voll abschätziger Empörung kanzelte sie mich ab, wie ich es wagen könnte, wo mir doch alles zufiel und es mir so gut ging und ich – im Gegensatz zu ihr – nur so durchs Leben tänzelte. Ich spüre noch heute, wie sich ein bedröppeltes Schweigen über mich legte. Sie war es, die in diesem Moment das Dreiecksgestell, das unter meinem Unglück zusammenzubrechen drohte, mit Macht wieder aufrichtete. Sie war es, die hier die Rolle der Mutter weitertrug, mit fast größerer Macht als die Mutter selbst.

In einem frühen Bild, das während der Psychoanalyse aufstieg, schaute ich auf ein Stück Modelleisenbahnlandschaft, das verloren in einem Kellerraum stand, das Holzgerüst, auf dem es aufgebaut war, war zu sehen. Die Landschaft selbst bestand nur aus dunklen Bäumen, gruppiert auf sanften Hügeln, und über dieser Landschaft lag ein grauer Schleier, nicht schwer, aber doch so, dass kaum Luft blieb zwischen ihm und den Wipfeln der Bäume. Keine Gleise, kein tut-tut, keine Häuser, kein Leben. Manchmal war ich auch inmitten des Waldes und versuchte mich mitten in dieser von einem dichten, weißen Schleier bedeckten feucht-dunklen Grünheit zu orientieren. Dieses Bild schreit „Depression" und es verbindet sich direkt zurück in mein Zimmer, nachdem Eva wieder gegangen war.

Ich testete es aus, ob es vor oder nach diesem Gespräch war, weiß ich nicht mehr. Ich war nach einem Frühstück bei der besten Freundin von allen (ja, genau dieselbe wie heute!) gewesen und war mit meinem Käferchen auf dem Weg zurück. Innerliche Zusammenbrüche, nachdem ich mit anderen Menschen zusammen gewesen war, waren damals häufig, ich weiß es aus Kalendereinträgen aus dieser Zeit, erinnern konnte ich mich erst wieder mit deren Hilfe. So war es auch da: Kaum zur Türe heraus war ich der einsamste Mensch im Weltall, auch wenn ich eben noch gemütlich und wohlig mit ihr zusammengesessen war. (Rauchten wir damals eigentlich einfach am Frühstückstisch?)

Ich fuhr durchs Kapuziner Hölzl, die Strecke, bei der man so eigenartig aus der Stadt in ein kleines Waldstück herauskatapultiert wird und nahm mir vor, die Kurve – direkt nach der Unterführung, aus der ich immer kam, wenn ich mit dem Radl zur Schule fuhr – als Prüfstein zu nehmen für die Ernsthaftigkeit meiner Selbstmordabsichten. Wenn ich die Kurve nicht nehmen, sondern geradeaus weiterfahren würde, würde ich auf einen alten, großen Baumstamm prallen, stabil genug, um das Gelingen der Todesabsicht zu sichern. Würde ich im letzten Moment doch umlenken, wäre es mir doch nicht so ernst damit und dann müsste ich mich diesem Leben halt stellen und aufhören, herum zu pienzen.

Und ja, es funktionierte, es ist, als hätte ich nach dieser Kurve angefangen, schrittweise aus der Dunkelheit zu treten.

*

Ich war dabei, als meine Oma Luisl am schwarzen Hautkrebs operiert wurde. Da war ich vielleicht 16 oder 17 Jahre alt. Sie hatte einen großen Platschari am Dekolleté und der Hausarzt, der auch ein begeisterter Chirurg war, wollte ihn ambulant in seiner Praxis entfernen.

Es war der gleiche Arzt und der gleiche Raum, in dem Eva und ich unsere Hornperlen an den Füßen entfernt bekommen hatten, hintereinander weg. Bevor ich dran war, saß ich neben der Liege und musste zuschauen, wie Eva operiert wurde und das Blut zwischen ihren Zehen runterlief. Ich habe diese Geschichten meinen Söhnen noch nicht erzählt, ich vermute mal, sie werden glauben, dass ich direkt aus dem Mittelalter stamme. Und wieder hatte man der Kleinen den schwierigeren Part, als Zweite dran zu sein, zugemutet. Vielleicht wäre es ja besser gewesen, man hätte mich solange ins Wartezimmer gesetzt, zum Beispiel.

In diesem Praxisraum befanden sich auch die Karteikästen mit den Patientenakten und ich erinnere mich, dass ununterbrochen Arzthelferinnen kamen, nach Akten blätterten und mit diesen wieder Richtung Empfang verschwanden. Meine Oma hatte eine Heidenangst vor Spritzen, mehr noch als vor Donner und Blitz, und war sehr panisch. Der ausgedehnte Fleck war für einen ambulante OP schon viel zu groß, aber der Doktor war bekannt dafür, sehr gerne zu operieren, und wollte sich diese Gelegenheit wohl nicht entgehen lassen. Das Entfernen des Melanoms fand sehr ruhig und konzentriert statt und die Wunde wurde großflächig mit weißem Verband abgedeckt. Aber dann kam dieser Moment, an dem eigentlich alles vorbei war und er in ihrem Gesicht über dem Auge die kleine hervorstehende Warze entdeckte und mit einem „Ach, die entfernen wir lieber auch" sachte, aber bestimmt daran zog und mit einem zielsicheren Hieb mit dem Skalpell das kleine Stückchen wegschnitt. Da hätte ich später zu Hause schon jemanden brauchen können, der mich tröstend in den Arm nimmt.

Das waren Omas letzte Monate, Opa war schon sieben oder acht Jahre tot. Sie hatte außer dem Hautkrebs auch Knochenkrebs und war eigentlich schon ans Bett gefesselt, aber es gab immer wieder lange, einsame Vormittage, an denen sie entweder ein Bad nehmen wollte oder rückwärts auf allen Vieren die Treppe herunter krabbelte, weil sie meinte, noch die Küche aufräumen zu müssen. Das ging nicht immer gut. Sowohl mein Vater als auch Onkel Peter, ihr kleiner Sohn, kamen in ihren Mittagspausen bei ihr vorbei und versorgten sie zwischen Tür und Angel, und ich Abiturientin sowieso. Aber ich erinnere mich nicht, dass meine Mutter ein einziges Mal dabei gewesen wäre. Sie kümmerte sich einfach nicht um sie, gar nicht. Ich wüsste nicht, dass die beiden überhaupt miteinander geredet hätten. Aber alles aus Omas Schlafzimmer drang nicht nach außen, ich wäre nie auf die Idee gekommen, mit jemandem darüber zu reden. Dass es ein zu hütendes Familiengeheimnis war, das im Haus bleiben musste, war mir intuitiv klar. Erst beim therapeutischen Erzählen gab es ein synchrones "wie im Krieg". Und ich ein braver Soldat, Fremdenlegionärin möchte ich sagen. Das stimmt nur halb: Fremd fühlte ich mich da in meinem eigenen Leben schon, aber weiblich fühlt sich daran nichts an.

*

Dass ich meinen Weg gegangen bin, konnte meine Mutter nicht verhindern. Ich war in diesem langen, kalten Winter während oder nach dem Abitur, so genau weiß ich's dann doch nicht, in Oma Jajas schwerem, schwarzen Pelzmantel bei Eiseskälte unterwegs, aber den Kragen ließ ich weit offen und trug keinen Schal um den Hals. Ich konnte dort nichts ertragen, keinen Stoff und keine Berührung, ich musste beim leisesten Hauch sofort worgsen. Zu oft versucht, den Zorn herunterzuwürgen. Das Baby auf der Wickelkommode natürlich!

Und ich erinnere mich an diesen Geistesblitz, einen Moment von heller Klarheit, in dem etwas aufleuchtete, was sonst unter dem ganzen Alltagswust vergraben war. Ich dachte: „Wenn du hier nicht weg gehst, wirst du daran ersticken." Ich tat das natürlich sofort ab, ich kann die innere Stimme mit ihrem "jetzt übertreib mal nicht", immer noch hören, aber der Gedanke begleitete mich. Und ich tat es! Kaum war meine Oma Luisl gestorben, ging ich weg.

Das große Sterben

Es folgen viele Jahre, ja, es sind sogar Jahrzehnte, in denen ich immer wieder ins Elternhaus zurückkehrte, auf Besuch. Erst als Studentin aus Heidelberg, dann sogar in der Zeit, in der ich in München wohnte, in der Drei-Mädel-WG, und dann bei meiner Eva Schwesterherz und ihrem Mann. Dann kehrte ich wieder zurück in die Kurpfalz, diesmal nach Mannheim, wurde Mutter und Ehefrau und dann hatten wir den zweiten Sohn dabei, also den zweiten Enkel, den, der nach dem verstorbenen Onkel benannt worden war.

All diese Jahre, sogar die Rückkehr meiner Schwester in den großelterlichen Teil des Hauses, in dem eben dieser Onkel gewohnt hatte, änderten nichts am Elternhaus. Es schien ewig und ich konnte mir nicht vorstellen, dass ich einmal nicht mehr dorthin zurückkehren könnte. Absurd wäre das gewesen! Das änderte sich, stückchenweise. Mit jedem, der starb und zuvor dort gelebt hatte, verlor das Haus seine Unveränderlichkeit.

*

Seine letzten Wochen verbrachte mein Vater, nachdem meine Mutter ihn aus dem Pflegeheim wieder nach Hause geholt hatte, in ihrem gemeinsamen Schlafzimmer, im selben Raum, in dem sie damals versucht hatten, mich ins Dunkel zu sperren. Nach einem Versuch, ihm an seinem Geburtstag eine Feier mit Normalität und Gästen zu bereiten, der ihn zutiefst erschöpft und zu einem neuerlichen Zitteranfall geführt hatte, weigerte er sich, dieses Zimmer zu verlassen. Statt dem Ehebett hatte er ein Krankenbett, das schräg vor der Balkontüre stand, damit er nach draußen kucken konnte.

Vorher im Heim hatte er sich ein Zimmer mit einem vergleichsweise jungen Wachkoma-Patienten geteilt, die Besuche dort waren unter anderem deshalb für uns sehr bedrückend. Unbeeindruckt davon hatte mir mein Vater erzählt, wie wunderschön das silbrige Schimmern der Birkenblättern vor seinem Fenster sei, mit dieser leisen Freude des Beobachters am Rande der Szenerie. Ich mochte es sehr, wenn er in dieser Stimmung erzählte. Das waren auch die wenigen Momente von Gesprächen nur zwischen uns beiden, stelle ich gerade fest.

Mit dieser abstrakten Zartheit erzählte er auch vom lodernden Feuer der brennenden Schwanthalerstraße. Nach einem Luftangriff fuhren die Züge nur noch bis zum Ostbahnhof und er musste von dort aus zu Fuß nach Hause gehen. Er war als 15-Jähriger bei der FLAK und kam von einem Einsatz zurück.

Erst jetzt habe ich verstanden, von welcher tödlichen Kälte dieser Bericht umweht ist: Um die Ecke von der Schwanthalerstraße war unser erstes Textilwarengeschäft gewesen und meine beiden Großeltern hatten dort gelebt, bevor sie Anfang der 30er Jahre mit dem kleinen Otti, also meinem Vater, ins Karwinkel zogen.

Er war durch die brennende Straße seiner Kindheit gelaufen und berichtete davon, als wäre er Beobachter eines faszinierenden Naturschauspiels gewesen oder hätte gerade die Katzen im Garten vor dem Wohnzimmerfenster bei der Jagd beobachtet. Das war kein Vulkanausbruch, wie ich ihn heute vom Sofa aus im Fernsehen auf Phoenix sehe, das war ein naher, vertrauter Ort, dessen Zerstörung er da erlebt hatte.

Abspaltung heißt das wohl, was da mit ihm geschehen war. Ich sehnte mich oft danach, diesen Beobachterstatus für mein gesamtes Leben, zu erreichen und war frustriert, wenn es mir nicht gelang, das Gefühlsgewimmel unter dem Deckel zu halten.

Mein Bild der Zerstörung sind die Fotos vom Abbruch des Karwinkel, die auch ihren Weg in mein Zwischenreich gefunden haben.

Bei Dr. Sigismund auf der Couch. Ich will ihm von der morgendlichen Szene mit den geklonten Herren in den hellgrauen Anzügen berichten, die sich am Eingang zum Karwinkel versammelt haben. Das Haus braucht fast die ganze Breite der Straßenfront und es geht nur ein schmaler Durchgang links an Oma Luisls Küchenfenster vorbei in den Garten. Dort bin ich und will an den grauen Herren, die alle mein Vater in seiner Rolle als seriöser Bankdirektor sind, vorbei aus dem Garten raus auf die Straße. Unversehens verwandeln sie sich in einen Kreis aus mit Spitzen besetztem, dornigen, rostigen Metall mit einem Scharnier in der Mitte wie eine überdimensionierte Tierfalle, die jederzeit zuschnappen kann. Ich kann mit einem Fahrrad nicht raus

aus dem Münchner Garten und ohne Fahrrad kommt nicht in Frage.

Also drehe ich um und gehe zurück in den Garten. Eva sitzt am Teich und beachtet mich nicht, so wie damals, kurz nach ihrem Tod, als sie mich ihre Anwesenheit auf ihrem Bänkchen spüren ließ. Dann ist sie plötzlich nicht mehr da, die ganze Szenerie schrumpft auf Puppenhausgröße und ich kann damit spielen und die Figürchen rücken. Dann dehnt sie sich ebenso plötzlich wieder auf ihre reale Größe aus.

In der Hütte finde ich einen sehr väterlichen, feuchten, dunklen Moosmann, der sich prompt in eine Räuber-Hotzenplotzsche Unke verwandelt. Dann stehe ich unver-mittelt vor dem dunkelrosa, im Zwielicht der Tannen ver-steckten Hexenhaus der Hoffmann (der Nachbarin, die seinerzeit angeblich ein Verhältnis mit Göring gehabt haben soll). Sie will meine Freundin und mich in das Haus lo-cken. Wir trauen ihr aber nicht und gehen lieber zurück zur elterlichen Terrasse und trinken dort Kaffee und essen Ku-chen im Sonnenschein.

Jetzt ist der Teich leer, der halb versenkte Swimmingpool ist im Abbau begriffen, das Haus zur Hälfte abgerissen. Es gibt aber keinen herumliegenden Schutt, alles ist schon ordentlich sortiert nach Holz, Metall und Schutt.

Den Blick aus seinem Schlafzimmerfenster hat mein Vater dann nicht mehr lange genossen, er wur-de jeden Tag weniger. Als er kaum noch das Bett verließ, sollte er einmal ins Bad verfrachtet werden. Um das zu bewerkstelligen, hatten sich meine Mut-ter, die beiden polnischen Pflegerinnen (es war gera-de Übergabe, deshalb waren zwei da) und ich uns im

Schlafzimmer versammelt um auszubaldowern, wie wir das wohl hinkriegen könnten. Meine Schwester war wahrscheinlich auch da, aber daran erinnere ich mich nicht. Unter Mühen hatte er es geschafft, sich an der Bettkante aufzusetzen und dann ging es nicht mehr weiter. Keiner hatte eine Idee, da nahm er mich schelmisch ins Visier und sagte: „Warum haben wir dich eigentlich im Altenheim lernen lassen, wenn du mir jetzt nicht helfen kannst?" Das war das letzte Mal, das er, inmitten der Weiberschar, ganz direkt an unserem Fädchen zupfte, und ich muss immer noch schmunzeln und es tut immer noch weh.

Er lag schon fast im Sterben, als ich nach Hause fuhr, weil ich nicht mehr länger von meiner Familie und meiner Arbeit wegbleiben konnte und wollte. Er schien immer wieder hinüberzugleiten, und kam mit einem angsterfüllten, lauten „Nein" wieder zurück, wenn wir ihn schon tot wähnten. Von so großer Furcht übermannt zu werden, wenn's ans Ende geht, tut mir unendlich leid.

Ich denke viel darüber nach, ob ich es für mich vermeiden kann, und hoffe, dass es mir hilft, dass ich mich den Geistern gestellt habe. Er starb letztendlich in der Obhut meiner Schwiegermutter, die mich abgelöst hatte. Am Ende soll er doch ruhig geworden sein, auch mit der Hilfe von Morphium, so hat sie es mir jedenfalls berichtet.

*

-iele Jahre später, als alle, die noch zu meinem Elternhaus gehört hatten, gestorben waren, und das Haus im Begriff stand, seine Seele zu verlieren, die mit jedem Tod durchsichtiger geworden war, verbrachte ich ein paar Tage dort. Es war fast komplett leergeräumt und ich war nach München gefahren, um Reste einzusammeln. Ich war allein in dem Haus, das das Haus meiner Eltern, meiner Schwester, meines Onkels und meiner Großeltern gewesen war; meines war es nur, um seine Geschichte zu einem Ende zu führen. Ein großer Brocken fehlte noch: der 18-Schubladen-Schrank im Keller, den mein Vater und ich Jahrzehnte vorher zusammen eingeräumt hatten. Ein Tresen mit Aufsatz, der im Laden an der Seite gestanden hatte und dort mit den Kurzwaren gefüllt war, auf die das Textilwarengeschäft in seinen letzten Jahren heruntergebrochen worden war.

Als das Teil im Keller gelandet war, das muss in den frühen 70er Jahren gewesen sein, füllten mein Vater und ich die 18 Schubladen, je sechs in einer Reihe, mit Werkzeug, Schrauben und Dübeln, Nägeln, Scharnieren und was-weiß-ich-noch-allem und ich beschriftete sie mit Großbuchstaben auf Tesa-Krepp-Stückchen. Einige dieser Aufkleber haben die Jahrzehnte überlebt und gleichen aufs Haar denen, die jetzt den neu befüllten und beschrifteten Schrank in meiner schöner Garagen-Werkstatt zieren. In all meiner Unbeständigkeit gibt es immer wieder Dinge, die über Jahrzehnte gleichgeblieben sind: Meine Schrift, meine Art, Dinge zu sortieren und das dann zu dokumentieren. Wohl vom Vater geerbt.

Da stand ich nun im Keller, in dem Raum, der immer der „kleine" geheißen hatte, im Gegensatz zum benachbarten „großen" Keller. Ich hatte mir große Mülltüten für Plastik bereitgestellt, einen Karton für Papier, einen Eimer für Altmetall und eine Kiste für Sachen zum Mitnehmen. Relativ schnell hatte ich einen Rhythmus entwickelt, in dem ich mir ein Schächtelchen griff, es öffnete und dann entschied, ob der Inhalt exquisit genug war, um aufgehoben zu werden, oder ob er in den Abfall gehörte. Links die Plastikschachtel in den Gelben Sack, rechts die Nägel in den Eimer, daneben der Altpapier-Karton. Nächstes Schächtelchen. Aufmachen, entscheiden, links, Mitte, rechts. Nächstes.

Und dann nahm ich das Schächtelchen in die Hand: Eines von diesen durchsichtigen Plastikkästchen, das man bekam, wenn man zum Beispiel im Kaufhof ein Silberkettchen kaufte. Da war dann in einer Art Watte das Schmuckstück eingebettet und es gab einen goldenen (!) Aufkleber mit der Aufschrift „Echt Silber" in Großbuchstaben. Aufmachen, entscheiden – die Metallstifte schienen mir nicht sehr des Aufhebens würdig und landeten direkt im Altmetalleimer. Das Schächtelchen selbst sollte dann mit Schwung in den Gelben Sack, nur klemmte da noch Papier, Füllmaterial dachte ich im ersten Moment. Weil es festgeklemmt war im Schächtelchen und sich unerwartet papieren anfühlte, stutzte ich und versuchte mit steigendem Gepfriemel-Aufwand die, wie ich bald merkte, kleinen Umschläge rauszuholen.

Wir hatten – auch in diesem Keller – in einem kleinen Wandschränkchen ein altes Metallhandtäschchen, ein aus der Zeit gefallenes Accessoire für einen Opernbesuch, gefunden, das voll alter Münzen war. Keine von Wert, sondern eine Restesammlung, wie sie wohl in vielen Krimskrams-Schubladen zu finden ist, allerdings weiter in die Vergangenheit zurückreichend als üblich, meine ich. Deshalb hatten wir auch immer wieder mal spekuliert, ob mein Vater doch irgendwo noch Wertvolleres versteckt haben könnte. Er, der so lange auf der Bank in der Kasse hatte stehen müssen und trotzdem wegen seines graumelierten seriösen Auftretens immer für den Direktor gehalten worden war, hatte auch privat ein paar Aktien gekauft, und es hatte auch Münzen gegeben. Als meine Mutter, die Marianne hieß, nach seinem Tod ein paar Münzen zu Geld gemacht hatte, inklusive einer französischen, die als „Marianne" bekannt war, und ihr in ihrer Gier die Bedeutung nicht aufgegangen war, war das eine der wenigen Situationen, in der ich es nicht einfach hingenommen, sondern sie rund gemacht hatte, wie es meine Söhne formulieren würden. Wenn sie es hätte rückgängig machen können, hätte ich drauf bestanden; aber es wären ja nicht dieselben Münzen gewesen.

Und? Was war jetzt in den kleinen Umschlägen? Der Bodensatz waren zwei Krügerrands und drei andere, kleinere Gold- und Silbermünzen, die Beschriftungen auf den Umschlägen sind nicht in meines Vaters Schrift, sondern müssen von einem Kollegen auf der Bank gewesen sein. „356" bezeichnete die Obermenzinger Filiale der Bank. Also das pure Gold – und ein bisschen Silber.

Da stand ich an der Kellertreppe, umringt von Mülltüten, Kartons und Eimern, hielt diese kleinen Umschläge in der Hand und wusste sofort, dass er dieses Gold für mich versteckt hatte. Es konnte nur für mich sein, weder meine Schwester noch meine Mutter wären je an diese Schubladen gegangen, sie waren weder an Werkzeug, Nägeln und Schrauben noch an den dazugehörigen Fähigkeiten interessiert gewesen. Ich erinnere mich an eine gewisse Abschätzigkeit mir gegenüber, da ich nicht verstehen wollte, wie bequem das Leben sein kann, wenn man das Handwerkliche den Männern überlässt.

Ich holte die Metallstifte wieder aus dem Müll, packte alles und flüchtete aus dem Keller in die Essecke, da saß ich dann, rauchend natürlich, in Tränen zerflossen und spürte meinen Vater hinter mir stehen, freundlich, aber doch ein bisschen süffisant lächelnd. Er schaute mir zu, wie ich die Münzen auf den Tisch legte. Er freute sich darüber, dass ihm sein Coup gelungen war, dass auf mich Verlass war und ich das Ausräumen des Hauses nicht einem polnischem Trödeltrupp überlassen hatte – dann hätte ich von diesen Münzen niemals etwas erfahren. Da war er mehr als acht Jahre tot und belohnte mich aus einer irrealen Ferne mit real greifbaren Werten.

Wegen dieser Geschichte hat Dr. Sigismund mich mal mit Pippi Langstrumpf verglichen; ich verstand erst nicht, warum. Er erzählte mir, dass sie, wie ich, vom abwesenden Vater mit Gold versorgt wurde. Pippi hat eine Schatzkiste mit nicht enden wollenden Goldstücken drin, das hatte ich vergessen.

Ich erinnere mich, dass ich die Pippi-Filme früher nicht gemocht habe. Uns war die Rolle von Tommi und Annika zugewiesen. Dass wir nicht Pippi sein durften, war Eva und mir von vornherein klar. Wir wussten, dass wir uns mit den langweiligen Kindern aus wohlgeordneten Häusern identifizieren mussten.

Es gab etwas an Pippi, was ich nicht mochte. Als erstes waren es die Strapse, die zwar bunt und ausgeleiert waren, aber mich an die Western erinnerten, die wir auch gerne schauten, wo zwielichtige Bardamen so etwas trugen. Das fand ich obszön und es stieß mich ab. Allerdings ist diese Art Blitz-Abwehr bei mir sehr verbreitet gewesen, ich ertappe mich dabei heute noch. Mittlerweile bin ich mir sicher, dass sich dahinter ein verbotener Neid auf das Laute und Freche, auf das Freie an ihr versteckt hat. Ich habe kürzlich etwas über Pippi gelesen:

„Pippi Langstrumpf ist ein einsames, verwahrlostes Mädchen, das dringend therapeutischer Behandlung bedürfte! Pippi Langstrumpf überspringt ihre eigene Hilflosigkeit und Ohnmacht durch Kraftmeierei. Dieses Verhalten zu idealisieren, ist schlimm und geht an den Bedürfnissen von Kindern komplett vorbei."

Oha. So habe ich das nie gesehen, und ich glaube, damit bin ich bei Weitem nicht allein. Diese Perspektive ist mir komplett neu. Ist das die Schattenseite der Freiheit und der Schatzkiste mit den endlosen Goldstücken? Dass Pippi in Wirklichkeit ein einsames Girlie ist und die Münzen nur der magere Versuch, ihr die Vernachlässigung zu versüßen? Sind meines Vaters Goldmünzen auch eine Entschuldigung gewesen?

Nein, das hat er nicht so gesehen und ich mag es auch nicht so sehen. Er war hier einfach nur ein Schelm, also ein Schlawutzi genau genommen, mit einer Freude am Spiel, am Risiko als eine kleine Geste seiner Freiheit gegen all das Brav-und-vorhersehbar-Sein.

Pippi ist mir kürzlich wieder begegnet. Ich habe mir ja bei dem, übrigens gelungenen, Versuch, mein 25 kg schweres E-Bike auf den 1,5 m hohen Fahrradträger meines geliehenen Camping-VW-Bullis zu wuchten, eine schwere Muskelzerrung zugezogen, wie ich dachte. Am Ende war es ein Brustbeinbruch, aber das tut eigentlich nichts zur Sache. Jedenfalls klage ich beim Onkologen über anhaltende Schmerzen und mangelnde Beweglichkeit und er sagt: „Frau Bacher, sie sind extrem fit!". Als ich das meinem Mann erzähle, sagt er: „Immer, wenn du die Geschichte von der Fahrradverladung erzählst, sehen die Leute dich als Pippi Langstrumpf, wie sie ihr riesiges Pferd hochhebt." – Das heißt übrigens „kleiner Onkel", das hatte ich vergessen. Also hat sie vom Vater nicht nur den Koffer voller Goldmünzen, sondern auch die Kraft. Die, die man braucht, um ein freies Leben zu führen?

Tja, und der 18-Schubladen-Schrank, eines der wenigen Teile, von dem zu trennen ich mich ernsthaft entschlossen hatte, musste dann natürlich doch mit und steht heute eingewachsen in meiner Werkstatt im Musikantenland. Manchmal verarbeite ich Scharniere, Möbelgriffe oder andere Kleinteile, die er mir auch in diesen Schubladen hinterlassen hat. Und wenn ich sie dann, vermutlich mehr als ein halbes Jahrhundert, nachdem sie in eine dieser Schubladen gewandert sind, zum Beispiel als Griffe für die Türchen zum Speiseaufzug anschraube, dann steht er wieder hinter mir und schaut mir über die Schulter, auch heute noch, wohlwollend.

*

In dem Jahr, in dem er starb, hatte ich noch nicht die drei Jahre Betriebszugehörigkeit bei der Firma, die ich für den Erwerb eines Firmenwagens brauchte. Allerdings war ich lange genug dabei, dass er es noch mitbekam und voller Stolz dafür sorgte, dass alle Artikel über die Firma aus der Süddeutschen ausgeschnitten und für mich aufgehoben wurden.

Jedenfalls fuhr ich deswegen oft mit der S-Bahn: mit dem Fahrrad zum Bahnhof und dann eine halbe Stunde ohne Umsteigen hin, eine halbe Stunde zurück. Auf diesen Fahrten hörte ich in Endlosschleife immer wieder die gleichen Songs von Michas schöner Blue-Note-CD (die Playboy-Sonder-Edition, witzigerweise), die ich auf einen kleinen Mp3-Player gequetscht hatte. Das war zweierlei: ein emotionaler Zugang zur Musik in einer Tiefe, in der ich ihn vorher nicht gehabt hatte, und das erste rote Fädchen zu einer klingenden Welt, in der ich mittlerweile mit meinen eigenen Saxophonklängen auf einer großen Insel gelandet bin, auf der es noch viel zu erkunden und entdecken gibt.

Es waren drei Lieder, die mir besonders nahe gingen und die mich zuverlässig an den Rand der Tränen brachten: „Shelter From the Storm", gesungen von Cassandra Wilson, „I can see Clearly now" von Colly Hole und „I'll be Your Baby Tonight" mit Norah Jones. Jedes hat eine spezielle Farbe. Der Schmerz darüber, dass kein Vati mehr da war, der mir Schutz vorm Sturm bieten könnte; der Trost, den ich beim anderen Mann in meinem Leben finden kann, wenn ich mich mit der Flasche Rotwein zu ihm aufs Sofa setze – aber erst Schuhe ausziehen! – und die großartige Erkenntnis, dass es ausreichen kann, wenn man die Hindernisse in frischer Klarheit sieht, ohne sie gleich mit aller Macht aus dem Weg räumen zu wollen.

Genau da haben meine Abspaltungsmechanismen angefangen zu bröseln, der Tod des Abspaltungs-Weltmeisters brachte die ersten Sprünge im Ei.

*

Zwei Wochen vor seinem Tod hatte meine Schwester ihren Brustkrebs getastet, das hat unser

Vater nicht mehr erfahren müssen. Drei Jahre gab sie sich dann noch, davon zwei gute und eins fürs Sterben – und genauso machte sie es. Keine Chemo, um die schönen, langen Haare zu behalten, und ein zwielichtiger Arzt am Irschenberg, der sie immerhin mit einer Art Antihormonen versorgte, für die sie dann aber irgendwann zu geizig war. Ja, meine Mutter hätte sie bestimmt bezahlt, aber dass sie das nicht wollte, spricht für sich. Bis zum Schluss wenige ehrliche Momente, vergraben unter Spontanheilungsgefasel, ganz habe ich es ihr nicht verziehen.

Sie verstarb 2009, einen Tag vor dem 18. Geburtstag meines ersten Sohnes und wenige Monate vor ihrem 50. Geburtstag.

An Ostern war ich noch in München gewesen und hatte einen Nachmittag mit ihr an ihrem Teich verbracht, den sie wenige Jahre zuvor selbst ausgegraben hatte, endlich mal die eigene Tat entdeckt. Es waren diese typischen ersten warmen Tage, die es in den Osterferien immer wieder mal gibt, und sie lag in ihrem Liegestuhl, während ich in regelmäßigen Abständen den Sonnenschirm in die richtige Position drehte, so dass sie genug wärmende Sonne auf den Körper, aber keine im Gesicht abbekam. Es fiel ihr schwer, sich von mir schattentechnisch bedienen zu lassen, Hilfe anzunehmen war nicht so ihr Ding.

Das Mal davor, da waren wir drinnen gesessen, im Wohnzimmer an ihrem Krankenbett, da hatte sie mich mit einem schrägen Seitenblick gefragt, ob ich ihre beiden kleinen Katzen nehmen würde, wenn sie sterben würde. Ich wusste, wie man in so einer Situation reagiert und sagte ganz ruhig: „Ja, das werde ich", und sah ihr dabei in die Augen. Und mittlerweile ist mir auch eingefallen, woher ich das wusste: „Ich hörte die Eule, sie rief meinen Namen" heißt das Buch, das ich als Teenager mit einer ambivalenten Mischung aus Faszination und Abwehr gelesen hatte. Es gibt in diesem Buch eine Szene, in der der sterbenskranke junge Seelsorger einer alten Ureinwohnerin davon erzählt, dass er den (titelgebenden) Ruf der Eule gehört habe und die Alte antwortet einfach nur „Ja" und versucht nicht, abzulenken oder den kommenden Tod zu verleugnen, der sich in diesem Ruf ausdrückt. Ich erinnere mich daran, dass ich mir diese Antwort zu Herzen genommen habe, so wollte ich auch reagieren, falls ich jemals in so eine Situation kommen würde, und so habe ich es gemacht.

Schwesterherz und ich sahen uns an und wir wussten beide Bescheid: ich, dass sie sterben würde und es wusste, und sie, dass ich es wusste.

An Ostern war vom Sterben nicht mehr die Rede, in der Rückschau sehe ich jedoch, dass sie an diesem Nachmittag einfach alle schwesterlichen Facetten im Gespräch noch einmal durchspielte. Dazu gehörte es auch, mich an eine große Peinlichkeit zu erinnern, in die sie mich hineingeredet hatte – so zirka 35 Jahre zuvor – und darin zu schwelgen, mich das noch einmal spüren zu lassen. Dieses Geheimnis behalte ich weiterhin für mich, jetzt kann es ja keiner mehr verzählen.

Ihre letzte Reise war die in das Klinikum Dritter Orden, zurück an den Ort, an dem sie geboren war, mit dem Krankenwagen. Für diese Fahrt hatte sie sich den Minirock in Größe 38 angezogen, voller Stolz, dass sie endlich ihre Traumgröße erreicht hatte, dabei den Verfall auf unter 50 kg ignorierend. Sie erzählte mir noch, wie freudig und freundlich die Sanka-Fahrer mit ihr geflirtet hätten. Als wäre ich dabei gewesen, sehe ich die erkennenden Blicke, die die beiden austauschten, bevor sie ihr dieses letzte Fest bereiteten.

Ich war mit Mann und Söhnen am Etang de Hanau, auf unserem Familien-Traditions-Campingplatz, schon seit Max auf die Welt gekommen war. Da rief meine Mutter an – was ein schwieriges Unterfangen war, weil man immer den einen speziellen Platz am Strand finden musste, wo gerade kein Funkloch war - und sie riet mir, doch nach München zu kommen, wenn ich Evi noch einmal lebend sehen wollte. Sie hatte mich so oft mit exakt diesen Worten zu sich beordert, dass ich unsicher war, ob ich wirklich fahren sollte oder doch noch bis nach Maxens 18. Geburtstag warten könnte. Dennoch fing ich an, meine Abreise für den nächsten Tag ins Auge zu fassen. Da rief dann ganz früh ihr Ex-Mann an, um mir von ihrem Tod zu berichten – Eva Schwesterherz hatte nicht auf mich warten wollen.

Dann war es also doch sie gewesen, die sich am Tag zuvor mit einem kleinen Windhauch von mir verabschiedet hatte. Ein zartes, aber deutliches Lüftchen, das mir vollkommen unzusammenhängend über die Backe gestreift war, während ich im Liegestuhl am Strand in der stillen Nachmittagssonne gelegen war und zu lesen versucht hatte.

Also doch keine Geburtstagsfeier mit Max, sondern eine Fahrt nach Obermenzing. Mutti und ich fuhren dann in den Dritten Orden, wo die Schwestern der Eva ein mit Rosenblüten geschmücktes Totenbett in einem abgelegenen Zimmer bereitet hatten. Es gruselt mich immer noch, wenn daran denke, wie Mutti und ich an diesem Bett standen und sie sie abbusselte, demonstrativ. Mit einem Seitenblick auf mich sagte sie: "Jetzt darf ich das endlich wieder, jetzt kann sie es mir nicht mehr verbieten!" Es war der schräge Blick des Am-Ende-krieg-ich-euch, aber genau das war der Irrtum. Eva hatte sich ihr – endlich und endgültig – entzogen.

In den Fluss meiner Erzählung drängt sich jetzt meine Mutter. Als Eva gestorben war, erwähnte ich noch einmal, dass sie mir die Katzen vererbt hatte. Meine Mutter fragte nach, wann und wie das vonstattengegangen war, um dann kategorisch zu erklären, dass sie die Kätzchen behalten würde. Dabei strahlte sie eine Härte aus, eine Mixtur aus Selbstbehauptung – als wäre es in einer absoluten Tiefe existenziell für sie, die Katzen als Teile Evas, die sie quasi absorbieren musste, für sich zu bekommen – gemischt mit einem Hass, den ich immer noch nicht begreifen kann, der aber kristallklar in diesem Moment aufblitzte. Ich legte sofort die Decke der Vernunft drüber, unser Sequel-Kater zuhause in Mannheim würde sich bestimmt nicht mit zwei so jungen Hupfern vertragen und deswegen sei es sowieso besser, wenn sie in ihrem vertrauten Umfeld blieben, bla bla bla. Es war nicht einmal, dass ich ihr die beiden Andenken an Eva nicht gegönnt hätte, nein, ganz tief drinnen hatte ich Angst davor, sie ihr streitig zu machen.

Ich erinnere mich daran, am Tag danach durch Evas Wohnung gelaufen zu sein und geschimpft zu haben, dass sie mich verlassen hatte, während ich trotzig mit den Füßen aufstampfte. Wir hatten doch einen – wenn auch unausgesprochenen – Deal gehabt, wir wollten doch als alte Weiber zusammen in einem Oma-Café sitzen und uns kichernd über Geschichten von früher austauschen, Geschichten, die dann nur wir beide noch kennen würden. Und sie konnte mich doch nicht mit Muttern allein lassen, allein kann man mit ihr doch nicht fertig werden, das gehört sich nicht.

Es hat mehr als zehn lange Jahre gedauert, bis ich in einer der intensivsten Wachtraum-Sequenzen ein bisschen Frieden fand:

Ein dickes, sackartiges Angst-Wollmaus-Knäuel, das in meinem Schlafzimmer in der Ecke haust, wird zu einem menschlich großen Gummibärchen, das sich plötzlich in die Szenerie drängt, während Micha und ich händchenhaltend auf dem Bett sitzen inmitten meiner Vor-Chemo-Panik-Attacke. Es verteilt die Karten und will UNO spielen mit mir. Es sitzt da wie Eva Schwesterherz früher in ihrem düsteren, engen Wohnzimmer in der Verdistraße (die Wohnung, in der sie mit ihrem damaligen Mann Sepp lebte und in der ich zu Studienzeiten für zwei Semester Unterschlupf gefunden hatte). Damals, wenn ich mittags aus der Uni kam, saß sie oft dort, im Schneidersitz auf dem Boden, Patiencen legend, die Karten ordentlich verteilt, um sich gegen die Welt abzusichern.

Und dann verwandle ich mich in ein Monster, mit einem riesigen, in Stoff gepackten Elefantenfuß, stehe auf der Verdistraße, dort wo zwischen Sparkasse und Shell-Tankstelle die Dorfstraße abbiegt und, ihrem Namen Ehre machend, quer durch die Eigenheimquadratur ins alte Dorf führt.

Diese Kreuzung ist nah bei Evas und Sepps altem Haus und ich stehe da und balanciere auf einem Tonnenbein und ich werde aus dem Gleichgewicht geraten, ich werde den zweiten Fuß irgendwohin setzen müssen und damit Häuser, Bäume, Autos und ängstlich zu fliehen versuchende Menschen zerstören. Zwischen den Bäumen der Dorfstraßen-Allee sehe ich eine junge Frau an ihrem Haus, wie sie versucht, ihre Kinder ins Auto zu verfrachten, um noch schnell unter meinen tödlichen Füßen wegzufahren. Verzweifelt versuche ich ein Ausweichen zu finden, will zum weiten, grünen Durchblick, wo ich meine Tonnenfüße schadlos hinsetzen könnte, doch es zieht mich wie an einem gespannten Gummiband zurück. Ich versuche, die Zeit anzuhalten, um mich nicht bewegen zu müssen, aber kann ich das?

Dann plötzlich Szenenwechsel. Ich sitze mit Eva auf klassischen grünen Biergarten-Klappstühlen in ihrem Restgarten an der zum Autobahnanlauf verkommenen Verdistraße, die Holzwand zur Shell-Tankstelle hin mit Dornengestrüpp überwuchert. Sie sitzt aufrecht, lauernd, *wartet, dass ich etwas sage, dass sie lächerlich machen kann, etwas, wo sie ihren Skorpion-Stachel einsetzen kann. Und sie grinst mich an, wissend, dass ich weiß, was sie vorhat, und aus der braven, verhaltenen Steffi wächst dasselbe Grinsen zurück. Das kann ich auch. Dann sitzen wir da in schwesterlichem Grinsen und plötzlich wachsen uns Libellenflügelchen, wir werden zarte kleine Elfen, hell, und als wir gemeinsam in den Himmel fliegen, werden wir immer durchsichtiger und kleiner, bis wir nicht mehr zu sehen sind. Ich bleibe zurück, zu normaler Größe geschrumpft, sitze ich im Schneidersitz auf dem Gehsteig an derselben Kreuzung, die ich eben noch mit meinen Riesen-Tonnen-Füßen zu zerstören drohte. Sie hat mit mir den Stachel geteilt, sie hat mir die Zwiderwurzn geschenkt und ich hab' ihr dafür das kleine Steffi-Libellchen mitgegeben, dass sie dort auf der anderen Seite nicht so allein sein muss. Vati hilft ihr dort ja nicht aus der Einsamkeit, der muss ja widerwillig herangezerrt werden, da ist mein Libellchen ein schwesterliches Immer-da-sei.*

Im Anwachsen zur Monstergröße habe ich eine Schwester im Geiste: Alice im Wunderland. Alice wird, nachdem sie aus einem Fläschchen mit unbekanntem Inhalt trinkt, so groß, dass sie das ganze Haus des Herrn Kaninchen ausfüllt und einen Arm zum Fenster rausstecken muss. Daran habe ich mich aber nicht erinnert, darauf bin ich gestoßen, als ich mir aus einem anderen Grund das Buch wieder besorgen wollte. Das brauchte ich allerdings nicht, weil mein Mann noch sein wunderbunt bemaltes Exemplar aus seiner Kindheit hat.

Als Kind ängstigte mich dieses Buch, ich erinnere mich, dass in einer Szene Alice wütend darüber wurde, weil jemand (Die Herzogin? Die Königin?) offenkundig die Unwahrheit sagte oder etwas ins Gegenteil verkehrte und ich wollte ihr zurufen: „Zeige deine Wut nicht, sie dürfen sie nicht sehen!"

Geblieben von meiner Schwester ist mir ein Schmetterling aus bunten Glasscherben in einer Bleiverglasung, den sie an ihrem Teich stehen hatte. Der steht heute wieder an einem Teich, diesmal im Musikantenland, und hat sich dort eingenistet. Manchmal noch, wenn ich dasitze und ihn im Augenwinkel herüberleuchten sehe, beamt es mich zurück zu ihr an ihren Teich und ich kann mich mit ihr verbinden.

Und auch bei ihrem Tod war es Musik, die mich durch die Trauer begleitete. Bevor ihr Ex die Wohnung plünderte und eigenmächtig entschied, was von ihren Dingen keiner mehr brauchen könnte, hatte ich schon ein paar CDs mitgenommen. „Mohicans", die Musik, mit der ich mich schon, als sie noch lebte, während der Pilates-Stunden in ihre Rücken-Metastasen-Schmerzen eingehakt hatte.

Jede Woche hatte ich ihren Rücken „mitgespürt", nicht die Schmerzen, aber ich war diese Stunde immer bei ihr und mit ihr. Ich wünschte mir heimlich, ich könnte sie an meiner Kraft und Beweglichkeit teilhaben lassen und wusste natürlich um die Vergeblichkeit dieses Wunsches. Diese Vergeblichkeit, dieses innerliche Akzeptieren, dass es so war, war Teil dieses Wunschgefühls.

Sehr intensiv erfasste und begleitete mich die afrikanische Musik. Simphiwe Dana mit Zandisile, von ihr als "The one who fulfills her dreams", beschrieben, was auf Eva leider nicht zutrifft, und Freshlyground, mit „Buttercup", versteckt auf einer Sampler-CD über afrikanische Musik von Marokko bis Süd-Afrika. Die wanderten dann ganz explosiv in mein Leben herüber, als ich sie zusammen mit Max live auf einem Jazz-Event in Mainz hörte. Da sollten alle mitsingen und dann schwang ich mich ein und das ging, ernsthaft. Es war ein schwüler Tag, auf dem Rückweg zum Auto gerieten wir in einen klassischen Sommerregen-Schauer und mein bunter Hippie-Rucksack verfärbte mein T-Shirt – für immer.

Das eine Lied, das ich nicht von ihr bekommen habe, aber das ich bis heute nicht hören kann, ohne den Schmerz zu spüren und genau deswegen auch jahrelang gar nicht hören konnte, ist „I Cried for You" von Katie Melua. Mit diesem Lied verstand ich, wie lose ihre Verbindung zur Erde und zum Leben an sich gewesen war. Als wäre sie nur mit zartgesponnenen Fädchen an diese Welt geknüpft gewesen, die sie immer weniger am Davonschweben hinderten. Sie zu kappen, war ihr dann am Ende wohl nicht schwergefallen.

*

Die letzten Monate, die meine Mutter selbst unter das Motto des Sterbens gestellt hatte, quellen über von Szenen, die schon in dem Moment, in dem sie sich ereigneten, zu Anekdoten gerannen.

Im Sommer zuvor war sie einen zwei Meter tiefen Kellerschacht hinabgestürzt. Abends im Dunklen, nach einem Gläschen Eierlikör zu viel, hatte sie schauen wollen, ob die im Keller wohnende Diane, wie ich sie jetzt mal nenne, Herrenbesuch hatte. Weil der hauptmietende Sepp die den Lichtschacht umrahmenden Blumentöpfe weggeräumt hatte, kam einiges zusammen und dann lag sie unten. "Jetzt bin ich tot", sei ihr erster Gedanke gewesen, erzählte sie mir später. Sie kam ins Krankenhaus, aber dass ich meinen Urlaub unterbreche, um nach ihr zu sehen, wurde für nicht nötig befunden; die späte Hippie-Truppe sah wohl ihre Chance. Ich saß etwas verloren in Marienbad, bis ich dann mit ein paar Tagen Verspätung ihre schillernden, die komplette linke Körperseite bedeckenden blauen Flecken bewundern und dokumentieren durfte.

Wie mir erst ein Jahr später dämmerte, hatte hier ihr selbstherrlicher Umgang mit Schmerzmitteln begonnen, der ihr am Ende Schmerzmittel-Schmerzen bescheren sollte und vielleicht an dem Leber-Abszess beteiligt war, der ihr Ende einläutete.

Sie war, fast ein Jahr später, wieder hingefallen, diesmal aber nachts in ihrem Schlafzimmer. Das Zimmer, in dem mein Vater gestorben war, acht Jahre zuvor, das Zimmer, für das ihre Mutter, meine Oma Jaja, den Balkon spendiert hatte zur Hochzeit meiner Eltern, das Zimmer, das Ewigkeiten zuvor wohl Ottis Kinderzimmer gewesen war, und ja, das

Zimmer, in das sie mich mal im Dunklen hatten einsperren wollen.

Bis ich dann in München ankam, lag sie im Krankenhaus, im Dritten Orden, wenn ich mich recht erinnere. Am Anfang schlief sie nur, oder war in einer Art Koma, schwer zu sagen, aber ich erinnere mich daran, wie sie das erste Mal erwachte. Wie aus einer weiten Ferne fokussierte sich ihr Blick nur ganz langsam und er ruhte lange auf mir, bis es ihr dämmerte: "Ich wollte sterben und keins meiner Kinder hat mir geholfen!" rief sie. Definitiv nicht die Begrüßung, die man hätte erwarten können, aber damit war das Thema für die nächsten drei Monate gesetzt. Ich war wieder einmal überrumpelt und über der Überlegung, ob ich sie darüber aufklären sollte, dass ich zu diesem Zeitpunkt schon seit einigen Jahren ihr einziges Kind war, ging meine mögliche Antwort verloren.

Damit sie wieder nach Hause zurückkehren konnte, musste ich einiges organisieren. Sie brauchte jetzt eine – vermutlich polnische – Pflegerin und ein Pflegebet im Wohnzimmer. Obwohl ich noch weiß, wie aufreibend es war, all das zu organisieren, die verschiedenen Anträge zu stellen und alles vorzubereiten, ist mir davon wenig in Erinnerung geblieben, im Gegensatz zu den dramatischen Szenen in der Bank.

Ich sehe mich da sitzen am Schreibtisch einer kleinen, dicken Mitarbeiterin, die triumphierend auf ihrem Drehstuhl thront und die Vorsorgevollmacht meiner Mutter vor sich liegen hat. Sie erklärt mir süffisant, dass sie diese erst von den Anwälten der Bank auf Richtigkeit überprüfen lassen muss, bevor mir Zugang zu den Konten meiner Mutter bewilligt werden könne. Ich war mir ja sicher, dass meine Mutter mir alle Vollmachten übertragen hatte, und war schon angefressen, dass ich diese Papiere überhaupt anbringen musste, und dann wurde ich auch noch des Betrugs verdächtigt.

Ich saß da und hatte Blick auf die Stahltüre, die aus der Bank hinaus ins Treppenhaus führte. Das war der Ausgang für die Mitarbeiter, an dem ich oft abends meinen Vater abgeholt hatte. Diese Bank war ein besonderer Ort für mich, weil sie meines Vaters Arbeitsplatz gewesen war für lange Zeit. Ich war kurz davor, das zu erzählen, verschluckte meine Worte aber, weil mir in der gleichen Sekunde klar war, dass es diese für mich so wertvolle Erinnerung zu einem kläglichen Versuch des Nachweises meiner Ehrlichkeit degradieren würde. Das hätte die Demütigung dieser Szene noch potenziert.

Als ich ein paar Tage später dann die Bankvollmacht in einem Aktenordner gefunden hatte und mir, leider nur per E-Mail, Genugtuung verschaffen konnte, habe ich sie vor meinem geistigen Auge gesehen, wie sie und ihre Kolleginnen aufgescheucht durch die Filiale wuselten auf der Suche nach der Schuldigen.

*

Das Krankenhaus fand, man könne nichts mehr für meine Mutter tun, aber ich hatte zu diesem Zeitpunkt weder eine Pflegerin noch ein passendes Bett für sie beschafft und sah mich schon in der Situation, sie selbst zu pflegen. Mir war klar, dass ich das nicht zustande bringen könnte. Es gelang mir, eine Kurzzeitpflege in einem Altenheim für sie zu organisieren und sie fügte sich erstaunlich gelassen. Ich erinnere mich an die Erleichterung, als ich sie dort abgeliefert hatte und gut versorgt wähnte. Das hatte mir Luft verschafft und ich verbrachte einen leichten Abend. Am nächsten Morgen, kurz nach acht, läutete mein Handy und das Pflegeheim erklärte mir, dass sie nicht einschlafen hätte können und sich nicht hätte beruhigen lassen. Deswegen hätten sie einen Herzanfall befürchtet – Ausrede, komm raus, du bist umzingelt! – und man habe sie deswegen wieder ins Krankenhaus einliefern lassen. Da war sie schon wieder rum, die Erleichterung. Ich eilte also wieder ins Krankenhaus. Da lag sie und erzählte mir ganz klar und ruhig, dass sie da nicht hatte bleiben wollen. Die hätten gesagt, dass es auch noch andere Bewohnerinnen gäbe und sie nicht die ganze Nacht durch alle halbe Stunde läuten könne, das habe ihr nicht gefallen.

Ein paar Tage später war dann alles organisiert und ich konnte sie nach Hause holen, ins Pflegebett im Wohnzimmer und wohlumsorgt von Zuzanna, die bis zu meiner Mutters Tod bei uns bleiben sollte.

*

Ich pendelte zwischen meiner Familie und dem Karwinkel, die Abstände wurden immer kürzer. Ich erinnere mich, wie ich in der Essecke saß, im Home-Office, und versuchte, mit Arbeit einen Rest von Normalität zu simulieren. Ich konnte aber nichts an meiner Arbeit entdecken, was wichtig genug hätte sein können, die verbliebenen Reste meiner Konzentrationsfähigkeit zusammenzukratzen. Solche kleinen, kurzen Momente, in denen eigentlich nichts passierte, die sich aber einen Platz in meiner Erinnerung gesichert haben, spiegeln die Risse in der Oberflächenkruste, durch die der Zusammenbruch schon mal herauslugte. Kurz danach hatte ich bestimmt wieder ein Fädchen gefunden, an dem ich mich zur Arbeit zurückzupfen konnte.

Weil sie sterben wollte, und ich wohl zu unfähig war, ihr die passenden Mittel dazu zu besorgen, versuchte sie es mit wenig trinken und essen. Das jahrzehntealte Gesetz der zwei Liter am Tag, mit dem sie uns alle verfolgt hatte, wurde sabotiert und sie aß mal einen Joghurt oder ein Eis, wenn ihr danach war, mehr nicht. An ihrem 86. Geburtstag wusch Zuzanna ihr die Haare und zur Feier des Tages gab es einen Eierlikör und eine Zigarette, für die wir das Sauerstoffgerät abstellen mussten, damit es keinen Schaden nehmen würde.

Ich erinnere mich daran, wie ich mich einmal auf die Terrasse setzte, um mir eine Pause von ihren unermüdlichen Anforderungen zu erschleichen und mir gerade eine Zigarette gerollt und angezündet hatte, als sie nach mir rief. „Mama, ich sitze gerade hier draußen und rauche eine, warte doch einen Moment!" Und sie: „Nein, komm mit der Zigarette her an mein Bett, ich will sie wenigstens riechen!"

Ich erinnere mich, wie ich mit 15, als ich gerade angefangen hatte zu rauchen, im Garten im Liegestuhl lag, der Tabak und die anderen Rauchutensilien unter einem Handtuch in der Wiese versteckt, als sie von der Arbeit kam. Sie setzte sich neben mich auf den Liegestuhl – schon das höchst ungewöhnlich – und sagte, sie wisse, dass ich angefangen habe zu rauchen. Wir sollten es dem Vati verschweigen, das würde ihn traurig machen. Das Rauchen verband uns drei Frauen also, Solidarität im Nikotin. Ich erinnere mich auch daran, wie wütend sie war, als wir ihr bei einem Besuch in Mannheim verwehrten, im Wohnzimmer zu rauchen und sie müde am Abend die Treppe herunter gehen musste in unsere Räucherkammer.

Sie wurde zusehends schwächer und dämmerte immer öfter weg, erst wollte sie nicht mehr aufstehen, dann konnte sie es nicht mehr und der Radius dessen, was sie noch sehen konnte, schrumpfte, bis auch das bunte Blumenmeer auf der Terrasse aus ihrem Blickfeld geriet.

Zu Maxens Geburtstag wollte ich für zwei oder drei Tage nach Hause nach Mannheim. Ich hatte ihr versprochen, dass sie nicht mehr ins Krankenhaus käme und Zuzanna und den Ex-Schwager darauf eingeschworen, mich anzurufen, bevor sie etwas unternehmen würden. Der Anruf kam, als ich in Feudenheim an der Ampel stand und noch nicht einmal zu Hause angekommen war. Sie hatte über Luftnot geklagt, da hatten sie den Rettungsdienst gerufen und jetzt war sie bei den Barmherzigen Brüdern. Ich sehe sie zu dritt an ihrem Bett stehen, und anstatt zu versuchen, sie zu beruhigen, steigern sie sich gegenseitig in ihre Besorgnis hinein, bis es keinen Ausweg mehr gibt. Sie soll am Ende zugestimmt haben. Was war ich wütend.

Maxens Geburtstag haben wir uns nicht nehmen lassen und es gibt eine Serie schöner Fotos, wie wir in wechselseitigen Umarmungen über die Jungbuschbrücke flanieren, als wäre es ein Tanz gewesen.

Wieder zurück ging ich zusammen mit Zuzanna ins Krankenhaus. Meine Mutter lag in einem trubeligen Mittelbett in einem Dreibettzimmer. Sie sah uns, wir standen nebeneinander am Fußende des Bettes und sie freute sich: "Da sind ja meine beiden Töchter". Zuzanna setzte an, das Missverständnis aufzuklären, und ich fasste sie vorsichtig an der Hand, für meine Mama hinter dem Bettrahmen verborgen, um sie zu bremsen. Ich spürte Zuzannas Freude und wollte meiner Mutter die alternative, gnädige Wirklichkeit gönnen, in der auch Eva noch am Leben ist. Und ich? Hinter der Fassade der Steffi, die einfach mal wieder alles richtig macht, konnte ich für mich kein Gefühl finden. Noch einmal ganz aufgegangen im letzten Akt meiner Rolle der weisen, emotional zurückhaltenden Tochter, die sich hauptberuflich um die Umsetzung des mütterlichen Drehbuchs küm-

mert. Immer noch die, die das Kaninchen zum Einschläfern bringt und die Oma zur Haut-OP begleitet.

Mit Hilfe der Hausärztin gelang es mir, ihre Pati-
entenverfügung durchzusetzen und meine Mutter
wurde aus dem Dreierzimmer in ein abseits gelegenes
Einzelzimmer verlegt, vielleicht sollten die anderen
Patientinnen die Sterbende nicht in ihrer Mitte haben. Da saß ich dann an ihrem Bett, allein diesmal,
in einem eigenartig stillen Raum bei den Barmherzigen Brüdern, diesem Krankenhaus, das auch andere
Geschichten barg.

Ich erinnere mich daran, Vati dort besucht zu haben. In einem kleinen Moment, den ich aus diesem
dramatischen Krankheits- und Sterbensfluss entriss,
ging ich dort in den kleinen Shop und kaufte ihm ein
kleines, rotes Glasherz. Damit stand ich dann bei
ihm am Bett mit der hilflosen Erkenntnis, dass er
damit jetzt mal grad gar nix anfangen könnte: So
landete dieses Herz in meiner Handtasche und mu-
tierte dort für Jahre zu einem Talisman für mich.

Diesmal aber lag meine Mutter hier, wieder einmal
schlafend oder im Koma oder irgendwo dazwischen
und ich saß schluchzend an ihrem Bett. Drei Monate
hatte ich alles getan, um ihr ein Sterben zu Hause
nach ihrer Façon zu ermöglichen und dann war an
dem einen Tag, den ich weg gewesen war, alles
futsch. Ich dachte, sie bekommt nix mit und dann
langte sie plötzlich quer übers Bett nach meiner Hand
und tröstete mich. Kein Wort und die Augen weiterhin geschlossen. Ich hatte gedacht, sie sei nicht da,

und dann bekam ich einen Trost, den ich von ihr nicht kannte. Als ich es der besten Freundin von allen erzählte, sagte die nur: "Sie wird nicht sterben, wenn du bei ihr bist." Das merkte ich mir, ich beherzigte es und so war es dann auch.

Ähnlich wie diese mitfühlende Geste war ein paar Tage oder Wochen vorher ihre Stimme. Ich saß an ihrem Bett im Wohnzimmer, die Frühlingssonne schien zart durchs große Fenster und es war selten ruhig und friedlich. Aus einer Tiefe, die tiefer als Schlaf war, tauchte sie verwirrt auf, öffnete die Augen und nach einem langen Moment des vorsichtig wachsenden Wiedererkennens sagte sie: „Steffile". Das ist wie eingebrannt ins Herz. Das liebevolle Erkennen zu bekommen und der Schmerz, es so wahnsinnig vermisst zu haben.

Bei den Barmherzigen Brüdern – wie kann ein Krankenhaus nur so heißen? Hier muss man doch gut aufgehoben sein, oder? – nahm man dann die Palliativstation mit ins Boot, die sie, mangels Betten dort, in ein Zimmer verlegte, das für sie eine abgeschiedene Ecke hatte. Nicht allein, aber doch zurückgezogen. Da war sie dann schon nicht mehr erreichbar, weder für Stimmen noch Blicke und nicht einmal mehr für Berührungen. Das alles kontrollieren könnende Gehirn hatte sich verabschiedet und es blieb eine unbeherrschbare Angst, aus der man ihr nicht mehr helfen konnte. Die Umstellung auf Beruhigungs- statt Schmerzmitteln half kaum.

An ihrem letzten Tag – was wir natürlich nicht wussten –, kam Max aus Mannheim gefahren, um sie noch einmal zu sehen, und nach einem kurzen Besuch sind wir dann zu zweit in die Pasing Arcaden gezogen, um den Lego-Shop zu plündern, und überließen sie Zuzannas Obhut – und der der kleinen goldenen Mutter-Maria-Statue, die Zuzanna aus dem Karwinkel hergebracht hatte.

Der Geheimplan ging auf und als Max gerade wieder aufbrechen wollte, läutete mein Handy und Zuzanna war dran und schluchzte: „Sie ist gestorben, sie ist gestorben!" Ich schluchzte dann auch: „Es ist vorbei, es ist endlich vorbei!" Manchmal denke ich, dass sie noch mitbekommen hatte, dass Max an diesem Tag bei mir war und es eine gute Gelegenheit zum Sterben war, wenn die Tochter nicht allein war, wer weiß.

Musik hat sie mir keine mitgegeben. Wenn ich darüber nachdenke, fällt mir nur ein, wie sie wahlweise den Aus-Knopf am Radio in der Küche betätigte oder voller Ungeduld um die CD mit den Weihnachtsliedern an Heiligabend herumwuselte, weil sie nicht wusste, wie man das Gerät ausschaltet. Je länger die Lieder liefen, desto mehr steigerte sich ihre Ungeduld, bis sie schlagartig, für uns wie aus dem Nichts, die Stille wiederherstellte. Das ist exakt die Plötzlichkeit, mit der sie die Kindersendungen des kleinen Max zu unterbrechen pflegte, mit einem „Jetzt ist genug gefernseht, jetzt machen wir mal aus."

Ein Lied gibt es doch, Micha gab ihr es mit, mit einem knappen „Aloha he" in unserem Chat, als ich ihm von ihrem Tod geschrieben hatte.

Die Monate danach habe ich als eine eigenartig erhabene Zeit in Erinnerung. Ich war nun die Letzte derer, die im Karwinkel gelebt hatten, alle anderen lagen auf dem Waldfriedhof, bis zur Uroma. Ein Stammbaum über drei Generationen, dessen einzige Überlebende ich war; mit meiner Familie ist ja ganz archaisch ein neuer Stamm gegründet worden. Es gibt ein Foto von mir und Piet, wie wir dem fast leeren Haus aufs Dach gestiegen waren und wackelig auf dem First sitzend unsere Blicke schweifen ließen; sogar der ungnädigste aller Nachbarn winkte uns da freundlich zu.

Und ich erinnere mich an einen Moment, nachdem wir das Karwinkel an seinen – neuen Besitzer mag ich nicht sagen – Bestatter übergeben hatten. Wir saßen im Auto, vermutlich noch ein paar letzte Reste im Kofferraum, und fuhren auf die Autobahn, umrundeten den Kreisel, an dem ich geschätzte 30 Jahre früher immer losgetrampt war. Mich umwehte Freiheit in einer Intensität, die ich zuvor nicht gekannt hatte. Ich konnte meine Mutter hinter mir lassen, ich fühlte mich die Fesseln abstreifen, die wie breite Bänder waren, wie eine Weste, die ich mir von den Schultern rutschen lassen konnte.

Teil II

Die Rüstung zerspringt

„Ich bin in meinem eigenen Leben nicht Hause", denke ich, während ich den langen Gang zur Küche laufe und bin froh, diesem Nichts-Zustand endlich einen Begriff abgerungen zu haben. Ich bin in dem Haus, das ein bisschen ein neues Karwinkel hatte sein sollen – einen alten Kasten brauche ich offensichtlich – und das zu meinem therapeutischen Refugium geworden war.

Die Depression hatte mich aus der Bahn geworfen und die hat keine Töne, keine Melodie und keinen Rhythmus und zu Anfang nicht mal Bilder oder Sprache.

Was war in diesen drei Jahren passiert, seit meine Mutter gestorben war? Wie konnte ich so in mir zusammenfallen?

In der ersten Zeit, in der der innere Zusammenbruch endlich die Oberfläche durchstoßen hatte und ich mit „Burnout" krankgeschrieben war, war ich stundenlang in Mannheim in der sogenannten Räucherkammer gesessen, unser Durchgangszimmer zur Terrasse mit Waschmaschine, Werkzeugschrank, Eckbank und Erlaubnis zum Rauchen. Ich ging direkt nach dem Frühstück dorthin und saß dann da in einem Zustand, den ich später Dr. Sigismund gegenüber einmal als „Blackout" beschrieb. Eigentlich war es mehr eine Art Locked-In-Syndrom der mentalen Sorte. Die ersten Male war es nur ein Schreck, wenn ich auf die Uhr schaute, um festzustellen, dass mehrere Stunden vergangen waren, ich aber nicht wusste, was ich in dieser Zeit gemacht hatte. Der volle Aschenbecher sprach von mehreren Zigaretten, das warme Handy in der Hand von ausgiebigem Gedaddel, aber ich wusste von nix.

Und das jeden verdammten Tag. Was war mit mir passiert?

Wenn ich durch Flickr scrolle und die Fotos aus diesen Jahren betrachte, strahlt mir ein volles Leben entgegen: Das neue alte Haus mit seinen vielen Ecken und was wir dort alles machen konnten: Parkett- und andere Holzböden schleifen, schicke Fußleisten anbringen, hässliche Deckenverkleidungen abreißen, in letzter Sekunde rostige Wasserrohre finden, das volle Programm. Ein hübscher hellblauer VW-Käfer kam zu uns, wir unternahmen schöne Reisen, die Bilder erzählen von einem spannenden, ereignisreichen Leben.

Ich erinnere mich auch daran, wie wir, nachdem wir – wohl das erste Mal – ausgiebig im Garten zugange gewesen waren, auf den provisorischen Sitzgelegenheiten vor dem Kamin saßen und in kürzester Zeit eingeschlafen waren, erschöpft von der ungewohnten körperlichen Betätigung und der vielen frischen Luft. Ich erinnere mich an das wiederkehrende Schluchzen aus meinen Tiefen, wenn ich mit dem waldgrünen Kangoo, den schon bald ein I-Love-

Landfrauen-Aufkleber zierte, vom Schneeweiderhof herunterfuhr und sich der Blick auf diese unbeschreiblich wunderschöne Landschaft öffnete.

Es ist, als hätte es eine Parallelspur gegeben, in der das Zerbröseln seinen Weg nahm; definitiv eine, die sich nicht von einem Fotoapparat einfangen ließ.

*

Auf der Arbeit war es mir nach dem Tod meiner Mutter gelungen, der mobbenden Chefin zu entkommen, als wäre das eine die Voraussetzung für das andere gewesen. Wochenlang klang mir Bertolt Brechts „Nein" in den Ohren, das vom Herrn Keuner aus den Maßnahmen gegen die Gewalt:

„Als Herr Keuner, der Denkende, sich in einem Saale vor vielen gegen die Gewalt aussprach, merkte er, wie die Leute vor ihm zurückwichen und weggingen. Er blickte sich um und sah hinter sich stehen – die Gewalt. "Was sagtest du?" fragte ihn die Gewalt. "Ich sprach mich für die Gewalt aus", antwortete Herr Keuner. Als Herr Keuner weggegangen war, fragten ihn seine Schüler nach seinem Rückgrat. Herr Keuner antwortete: "Ich habe kein Rückgrat zum Zerschlagen. Gerade ich muß länger leben als die Gewalt." Und Herr Keuner erzählte folgende Geschichte: In die Wohnung des Herrn Egge, der gelernt hatte, nein zu sagen, kam eines Tages in der Zeit der Illegalität ein Agent, der zeigte einen Schein vor, welcher ausgestellt war im Namen derer, die die Stadt beherrschten, und auf dem stand, dass ihm gehören solle jede Wohnung, in die er seinen Fuß setzte; ebenso sollte ihm auch jedes Essen gehören, das er verlange; ebenso sollte ihm auch jeder Mann dienen, den er sähe. Der Agent setzte sich in einen Stuhl, verlangte Essen, wusch sich, legte sich nieder und fragte mit dem Gesicht zur Wand vor dem Einschlafen: "Wirst du mir dienen?" Herr Egge deckte ihn mit einer Decke zu, vertrieb die Fliegen, bewachte seinen Schlaf, und wie an diesem Tage gehorchte er ihm sieben Jahre lang. Aber was immer er für ihn tat, eines zu tun hütete er sich wohl: das war, ein Wort zu sagen. Als nun die sieben Jahre herum waren und der Agent dick geworden war vom vielen Essen, Schlafen und Befehlen, starb der Agent. Da wickelte ihn Herr Egge in die verdorbene Decke, schleifte ihn aus dem Haus, wusch das Lager, tünchte die Wände, atmete auf und antwortete: "Nein."'

Was ich damit anfangen sollte, wusste ich nicht. Mir war diese Geschichte immer unangenehm, weil sie so weit weg von dem ist, wie man sich den aufrechten Helden vorstellt, aber für mich einen starken Sog der Unausweichlichkeit hat. Ich fand mich wohl darin wieder, so stur, wie diese Geschichte mich begleitete.

*

Ein anderer Moment taucht aus dem Vergessen auf: Ich war mit einer Kollegin zusammen im Pilates gewesen, im Sportbereich auf der Arbeit, sie ist sehr auf ihre Privatheit bedacht, deshalb nenne ich sie hier Sarah. Es war der erste Termin bei einer neuen Trainerin und ich war wütend und enttäuscht, weil sie nicht so gut war, wie die langjährige Vorgängerin es uns versprochen hatte und ich in dem gymnastischen Gehopse mein atmendes Pilates nicht hatte wiederfinden können – die Körper-Trance, derer ich manchmal bedurfte, schon gleich gar nicht.

Wir gingen zusammen die Treppe hoch, die Trainerin kam hinter uns her und sprach mich an, ob es mir nicht gefallen hätte, weil sie gesehen hätte, dass ich manche Übungen hätte ausfallen lassen. Sarah stand da und beobachtete mit weit aufgerissenen Augen, wie ich all meinen Frust über ihr auslud, gipfelnd in den Worten: „Das, was du da gemacht hast, hatte mit Pilates nichts zu tun!" Ob ich laut sagte, dass ich dann auch in einen Bauch-Beine-Po-Kurs gehen könne, weiß ich nicht mehr.

Die ungewohnte Heftigkeit meines Ausbruchs war das eine, und Sarah, die das beobachtete und damit verhinderte, dass ich diese Szene sofort verdrängen konnte, das andere.

Ich sah in diesem Augenblick einen Riss in meinem Thorax vor mir, an der Stelle, von der ich heute weiß, dass dort das Brustbein sitzt und darunter eine schwarze Höhle voller Asche. Ich hätte mich am liebsten auf dem Treppenabsatz in die Ecke gekauert und vor der ganzen Welt verschlossen. Für immer.

Dieses Bild blitzte nur eine Millisekunde lang auf, und ich konnte es erst in der Therapie wieder hervorholen. Damals hatte ich mich schnell gefangen, wie man in solchen Fällen so schön sagt. Ich schloss die Verzweiflung und dieses Bild wieder weg, Sarah und ich unterhielten uns noch ein bisschen, und dann ging jede in ihr Büro und arbeitete einfach weiter.

Ich verstand den Grad der Zerstörung, der hier sichtbar geworden war, nicht, aber die kurz aufblitzende Verzweiflung war auch ein Signal dafür, wie sehr Pilates dazu beigetragen hatte, mich aufrecht zu halten und wie bedrohlich der Verlust für mich war.

Ich erinnere mich jetzt, wie ich anschließend die verschiedensten Pilates-Kurse ausprobierte, mal bei der Volkshochschule, mal in irgendeinem Sportzentrum. Diese Intensität aber konnte ich nicht wiederfinden, dass ich dabei in mein Inneres hätte eintauchen können. Das hatte ich verloren.

Das traurige Ende des Pilateskurses ereignete sich relativ kurz nach meiner Rückkehr aus München nach dem Tod meiner Mutter, für die Jahre bis zu dem, was ich dann in meiner Ratlosigkeit „Nervenzusammenbruch" nannte, sind meine Erinnerungen sehr dünn. Ich frage mich manchmal, ob ich in Wirklichkeit nicht fast drei Jahre lang schon innerlich zusammengebrochen war und einfach nur weiterlief wie Donald Duck, wenn er, auf der Flucht vor einem wilden Tier oder so, über einen Abgrund gerannt war und einfach in der Luft mit seinen Beinen weiterstrampelte.

*

Sie hat sich angeschlichen, die Entscheidung, den Zusammenbruch Zusammenbruch sein zu lassen.

Ich sehe mich zusammen mit meiner Kollegin Steffi auf dem Raucherbänkchen sitzen und sagen: „Ich will nicht alt werden, ich will nicht sterben, die Zeit bis dahin ist so kurz." Ich war damals 55 Jahre alt, ich weiß nicht, was Steffi mit dieser Aussage angefangen hat, aber heute weiß ich, dass die weiße Leere, in der ich lebte, die Zeit ins nicht mehr Messbare hatte schrumpfen lassen.

Als wir im September davor wieder einmal reorganisiert worden waren, hatte sie mich angerufen, an meinem letzten Tag im Urlaub in Italien. Wir wohnten in einem Appartement, das seine bäuerliche Herkunft nicht verleugnete, hatten einen Garten, an dessen kleinem Mäuerchen man beim Lesen die Füße aufstützen konnte und das den Blick über einen uralten Olivenhain auf den Lago freigab, es müsste der Lago di Bolsena gewesen sein, aber ich habe die Orientierung verloren.

Ein neuer Chef? Das ist mir so was von egal, dachte ich, ich bin schon so oft reorganisiert worden, das macht mir auch nix mehr. Wieder brach ein Stück des Felsens weg, der mich noch vor dem Abgrund bewahrte und wieder merkte ich es nicht. Später fuhren wir ans Ufer des Sees und ich, die ich mich im Wasser manchmal mehr zu Hause fühlte als an Land, wollte nicht schwimmen gehen. Es war ein bisschen kühl und ich wollte mir am letzten Tag keine Blasenentzündung mehr holen, sagte die Ausrede.

In dieser Zeit hatte ich zaghaft angefangen, wieder Tagebuch zu schreiben, der erste Satz des ersten Buches lautete:

„Das Tagebuchschreiben erweist sich als eine überaus sinnstiftende Tätigkeit; sie setzt die denkende, über sich nachdenkende Steffi wieder in Gang. Und das schafft die Distanz zur Gegenwart, die mein Leben öffnet."

Lange Zeit hat sich alles in mir gekringelt, wenn ich diesen Satz wiedergelesen habe, und ich muss jedes Mal an ihm vorbei, wenn ich meine „tutto completo" genannte Datei öffne, in der ich alle meine Tagebücher abgetippt aufbewahre. Ich bin mir selbst so peinlich, dass ich so einen pathetischen Satz auf die erste, leere und bestimmt nach frischem Papier riechende Seite eines neu erworbenen Notizbuchs geschrieben habe. Wie ich versuche, mich über all den brodelnden Schmodder mit einem netten Sätzchen zu erheben. Diese Blindheit, das Unverständnis über meinen wahren Zustand frappiert mich noch heute, wenn ich es auch mittlerweile als Teil der großen Abspaltung verstehen kann.

Und dann sehe ich mich aus dem Auto kraxeln, mein Mann hat mich zum Orthopäden gefahren, ich habe mehrere Wochen auf den Termin gewartet, an dem der Doktor mich mit einigen chiropraktischen

Knackereien von meinen mich so plagenden Ischias-schmerzen befreien soll. „Wenn man alles kann, aber nicht mehr länger als eine Viertelstunde am Schreib-tisch sitzen, könnte man sich doch fragen, ob es nicht doch vielleicht ein Burnout ist", scherze ich und Mi-cha sagt: „Siehst du es endlich ein!", richtig wütend klingt er dabei. Aber ich bin noch wütender, das war doch nur ein Witz, was wagt er da zu behaupten?

Wenige Wochen später gab es dann den Kipp-Punkt: Der Moment selbst war ein kristallin zusam-mengeballter, blitzartiger Moment der Entscheidung. Am Freitagabend um 18 Uhr, als ich nach einem katastrophalen Meeting, in dem mein kleines, feines Projekt gekapert worden war, nur noch unter einer Decke verschwinden und von der Welt nichts mehr wissen wollte, hatte der Chef noch mal angerufen, um mir das Desaster schönzureden. Am Dienstag-morgen – nach meinem freien Montag der erste Ar-beitstag der Woche – diskutierte ich mit meinem ne-ben mir sitzenden Ex-Chef über Demütigung, stritt mich nochmal mit dem aktuellen Chef, wobei ich mich mehrmals „Das ist Scheiße", sagen hörte, was eigentlich nicht meine Art war. Am Dienstagmittag ging ich noch einmal in die Kantine essen, danach meldete ich mich ab – ich weiß nicht mehr, mit wel-cher Begründung – und fuhr heim. Am Mittwoch kehrte ich zurück, um zur psychologischen Beratung zu gehen, die mir fürs Erste eine Krankschreibung für zwei oder drei Wochen empfahl. Das war mein letz-ter Tag in der Firma.

Der eigentliche Zusammenbruch kam danach. Ich hatte gemerkt, dass ich über dem Abgrund strampele, und erst, wenn man es merkt, stürzt man wirklich ab, um im Donald-Duck-Bild zu bleiben.

Weiße Wand

An meinem Tagebuch sehe ich, dass ich um den Begriff „Depression" gerungen habe und fast stolz war, als mir Dr. Sigismund dann selbige bescheinigte. Das Ding hatte einen Namen und ich hatte damit das Recht auf eine richtige Krankheit, nicht nur das schwesterliche „Stell dich nicht so an, dir geht's doch ganz gut".

Die Aussicht auf therapeutische Gespräche, die Anmeldung zum Autogenen Training an der Volkshochschule, ein sehr tapferer Besuch beim Optiker, von dem mir ein Selfie mit einem herzzerreißend bemühten Lächeln geblieben ist, das alles sind erste zaghafte Anzeichen des Die-Nase-Rausstreckens.

Dazu gesellte sich ein erstes Bild, das das pure Nichts ablöste: Eine weiße, undurchdringliche Wand, die nicht aus Steinen oder aus anderen greifbaren Materialien bestand, sie war immateriell, aber undurchdringlich.

Einmal, es hatte einen Anlass zur Panik gegeben, weil sich jemand aus der Arbeit gemeldet hatte und ich eingesperrt war zwischen der Notwendigkeit und der Unfähigkeit, darauf zu reagieren – zusätzlich noch zu blockiert, zu erkennen, dass ich gar nicht reagieren musste –, entstand ein Loch in dieser Mauer, durch das ich auf die Nachricht starren konnte, wie der Moment im Vorspann von Bonanza, wenn die Landkarte zu brennen beginnt.

Ich kannte diese Mauer schon: Ich erinnere mich, dass ich einmal im Mathe-Leistungskurs – ich saß in der ersten Reihe am Rand –, solange auf den stinkenden Tafelschwamm starrte, bis alles außen herum in ein krisseliges Grau verschwamm, was nur gelang, wenn ich konsequent den Blick nicht einen Millimeter abwandte. Das war sie, dieselbe Mauer, diesmal in grau.

*

Als wären sie ein sich ergänzendes Paar, gesellte sich zur Depression die Panik, beim Schreiben im Tagebuch streifte ich das Thema immer wieder, wollte es aber nicht so richtig fassen. Als hätte ich Angst vor der Angst gehabt.

Die erste richtige Panikattacke, im Gegensatz zu den hunderten zuvor, die so still waren, dass ich sie nicht als solche erkannt hätte, wenn mich nicht ein weiser Raucherecken-Genosse mal darauf gestoßen oder ein Arzt meinen Blutdruck gemessen hätte, war im Auto, in meinem waldgrünen Landfrauen-Kangoo. Es war der Versuch, drei Wochen nach meinem nervlichen Ausstieg wieder in die Firma zu fahren, zu einem Termin bei der Psychologin. Mitten auf der Fahrt, auf der linken Spur kurz vor einer geschwungenen Kurve hatte ich das plötzliche und drängende Gefühl, aus dem Auto springen zu müssen. Auch in diesem Moment gab es diesen hellen Blitz, der, der mir manchmal eindeutig sagte, was falsch lief, und hier half er mir, die Finger vom Türgriff zu lassen und sicherheitshalber in die rechte

Spur zu wechseln. Lautes Singen rettete mich über den Rest des Weges.

Einmal wollte ich mich endlich mal wieder aufraffen zu einer kleinen Fahrradtour und sprang innerlich hin und her zwischen verschiedenen Varianten, was alles passieren könnte: Schlüssel drinnen vergessen und nicht wieder rein können, Schlüssel unterwegs verlieren, dann kann man auch nicht mehr rein, soll ich ihn also lieber im Hof verstecken, ne, das ist Quatsch, du verlierst den doch nicht, wenn aber doch? Was ist, wenn ich nicht genug zu trinken dabeihabe? Das sind die Gedankenkreise, vor denen wir uns hüten sollten – nur, wenn wir es könnten, wären wir nicht krank. Diese Verdrehungen und Entscheidungslosigkeiten waren so stark, dass die Option drohte, einfach zu Hause zu bleiben. Aber ich wusste wohl, dass es gelingen musste, dass ich fortkommen musste auf meinem schönen Gefährt, weil sonst ein Komplettzusammenbruch unvermeidlich gewesen wäre. Auch diese Situation war begleitet von einem innerlichen Herumhüpfen – der Boden ist Lava – und dem gleichzeitigen dringenden Bedürfnis, aus der Haut zu fahren, buchstäblich.

Diese Angst scheint unsinnig, aber im Gegensatz zur Kangoo-Fahrt ist sie konkret, ich habe ganz exakt Angst vor dem Moment, in dem man mich sieht, wie ich mich aus meinem eigenen Haus ausgesperrt habe. Bei dieser Peinlichkeit auch noch gesehen zu werden, wäre das Schlimmste.

Das geht noch weiter, denn dazu gehört auch die Angst davor, Fehler zu machen, und dass die gesehen werden könnten. Einfach keine Fehler zu machen schien mir da immer die simpelste Lösung. Daran war ich immer wieder mal im Kleinen gescheitert, und dann ganz groß, quasi am gesamten Leben. (Heute bin ich übrigens chillig mit Fehlern, weil man Saxophon spielen nur lernen kann, wenn man vor seinem Lehrer falsche Töne, schiefe Rhythmen und anderes Gequietsche zum Besten gibt, zu verstecken gibt's da nix.)

Wenn das Telefon meinen Zustand der Einkapselung durchbrach, war ich augenblicklich am Zittern, „instantly" möchte ich sagen, in dieser Zeit waren viele Begriffe auf Englisch, als hätte ich mir die Gefühle und Ängste in der fremden Sprache vom Leib halten können. Ich erinnere mich an einen Anruf von einem Herrn von der Krankenkasse, der sich erkundigen wollte, ob sie sich darauf einstellen müssten, dass das mit meiner Krankschreibung jetzt länger dauern könnte. Das war wie damals, als ein Herr vom Sozialamt zu mir kam, um zu kucken, ob ich nicht doch mit dem Kindsvater zusammenwohne. Damals träumte ich danach von großen, haarigen Spinnen, die meine Wohnung bevölkern wollten.

Ich ging in die Offensive und erklärte ihm, dass es länger dauern würde und erzählte ihm – wissend, dass ich es nicht müsste – von meiner Diagnose. Vorwärtsverteidigung durch übermäßige Wahrheit, das konnte ich. Das half aber nicht gegen die nachfolgende Panik. Kaum hatte ich aufgelegt, rannte ich wie ein aufgescheuchtes Huhn durchs Haus, nicht wirklich, innerlich. Das war die immergleiche Angst, dass ich des Simulantentums überführt werden würde, ich müsste arbeiten gehen und wieder so tun, als wäre nix. Sogar meine Ärztin, die beste Hausärztin von allen, erschien mir im Traum. Sie thronte hinter ihrem Schreibtisch und sagte: „Jetzt ist's aber nicht mehr so schlimm, ich schreibe sie nicht mehr krank, gehen Sie mal schön wieder arbeiten."

Das Telefonat mit der Krankenkasse und die anschließende Panik hatten den Vorteil, dass mir die Dringlichkeit eines Therapieplatzes deutlicher wurde. Ich meine mich zu erinnern, dass ich am selben Tag Dr. Sigismund im Internet fand. Der freute sich dann, dass ich nicht nach dem ersten Versuch aufgegeben hatte, ihn zu erreichen, sondern noch einmal zum Hörer gegriffen hatte, und diese Freude nahm mich sofort für ihn ein.

Im richtigen Leben übrigens kann ich ziemlich unerschrocken sein, furchtlos. Ich kann in dunklen Parkhäusern herumgeistern und habe nur Angst, mein Auto nicht wiederzufinden. Ich lief zu Studentinnenzeiten nachts um halb drei im Minirock durch die Neckarstadt, sicher geborgen im Schutze der Stadt, und verbrachte als Erste allein die Nacht in unserer hinterpfälzischen Bacherburg, als es noch ein unbewohntes, vereinsamtes Haus war und mit seinem nächtlichen Geknarze einen gestandenen Soldaten vertrieben hatte. Der hatte allerdings vielleicht gerade Angst gehabt, weil er Soldat gewesen war.

Erste Fädchen

Und dann fand ich einen Tagebuchzettel aus der Zeit, als mein Job beim Kunsthistorischen Institut gerade ein halbes Jahr vorbei gewesen war und ich arbeitslos war und meine Perspektive verloren hatte. Wir waren wohl in München gewesen und ich schrieb über „ihre nie endende Verachtung/Missachtung der Dinge, die ich tue". Ich verstand nichts, aber ich merkte augenblicklich, dass ich ein Fädchen gefunden hatte. Die beste Freundin von allen war mich besuchen gekommen und ich präsentierte ihr diesen Zettel, als hätte ich einen lang vergrabenen archäologischen Schatz ausgebuddelt. In alter geisteswissenschaftlicher Manier fingen wir damit an, den Unterschied zwischen Verachtung und Missachtung zu diskutieren, und später, im Rückblick, erzählte sie mir, dass ihr an diesem Tag das erste Mal klar geworden war, wie schlimm meine Mutter gewesen war. Sie hatte sie als typisch bayerische, dirndltragende Frau in Erinnerung gehabt, der sie gerne aus dem Weg ging, weil sie so ein loses Maul hatte (ich zitiere nur). Für mich öffneten sich mit diesem Schnipsel und unseren darauffolgenden Gesprächen die ersten Schubladen zur Kindheit und als Erstes purzelten die Erinnerungen an die größten Demütigungen heraus, die meine Mutter angerichtet hatte.

Ich hatte gedacht, ich hätte meinen Frieden mit meiner Mutter gemacht in ihren letzten drei Monaten. Ich hatte ihr die töchterliche Fürsorge gegeben, aus der es allerdings eh kein Entrinnen gab. Aber es war ihr Frieden gewesen, den sie übrigens trotzdem nicht gefunden hatte, sonst hätte sie ja einfacher sterben können. Von meinem Frieden war nie die Rede. Ich hatte ernsthaft gedacht, das würde genügen.

*

Eine Depression dauert normalerweise so etwa sechs bis acht Monate, hatte ich im Internet recherchiert und prompt das halbe Jahr als Ziel ins Auge gefasst. Jedem Tag versuchte ich eine Verbesserung abzuzupfen: Entweder war es mir gelungen, Pilates zu machen, oder ich hatte stundenlang im Brandhaus Schutt und Asche entsorgt (real, nicht bildlich, darüber zu berichten wäre eine andere Geschichte) oder eingekauft und gekocht am selben Tag. Ich reckte eine imaginäre Trophäe gen Himmel und musste am nächsten Tag, wenn der erwartbare Einbruch kam, aufs Neue einsehen, dass das keinen Bestand hatte. Auf einen guten Tag folgten mehrere schlechte und die fühlten sich an wie Niederlagen. Ich wollte von der Illusion, dass jeder Schritt bergauf von Dauer wäre, nicht lassen und torkelte von einer Frustration zur nächsten Niedergeschlagenheit.

Ich erinnere mich daran, dass ich Dr. Sigismund stolz eine meiner Errungenschaften präsentierte und er trocken sagte: „Eine Schwalbe macht noch keinen Sommer."

Es gab einen wichtigen Wendepunkt zu dieser Zeit, aber weil ich ihn beim besten Willen nicht zu

fassen kriege, ziehe ich wieder mein Tagebuch zu
Rate und da steht es:

Do 26.07.2018
Ich bin einfach irgendwie kaputt gegangen.
Beim Zusammen-„Bruch" ist etwas zerbrochen.
Wo vielleicht vorher schon immer ein Sprung
war, immer nur notdürftig gekittet? Der berühmte „Sprung in der Schüssel"! Dr. Sigismund sieht
diese Tiefen-Erschöpfung nicht als Rückfall,
sondern als normalen Teil der Depression, es sei
wie eine Spirale, bei der man immer wieder an
denselben Stellen vorbeikommt. Das wäre mir
die liebste Erklärung, macht es ein bisschen
leichter, aber nicht so wirklich.

Eine Funktion hat es: Es zerstört meinen Geheimplan des Eine-Depression-dauert-sechs-bis-
acht-Monate, also bin ich im Herbst wieder gesund und kann meine Verrentung angehen.
Sechs bis acht Monate sind offiziell genehmigt,
weil im Internet steht, dass es normalerweise solange dauert. Und das Erschöpfungssyndrom
sagt mir in aller Deutlichkeit, dass ich krank bin
und dass es bei mir wohl länger dauert. Gegen
meinen Weil-ich-hab'-ja-eigentlich-nix-Modus
muss mein Körper schon schwere Geschütze
auffahren.

Und was lese ich? Es muss kein Trauma sein.
„Ein innerseelischer Konflikt..., der in der frühen Kindheit entstanden ist. Weil das Kind diesen Konflikt nicht auflösen konnte, ist er gleich-

sam in das Unterbewusstsein abgetaucht und kann später das Verhältnis zu sich selbst und zu anderen torpedieren." (natürlich aus der ZEIT!)

Fr. 27.07.2018

Nach dem Termin bei der Psychiaterin:

„Das ist eher an der Grenze zu einer schweren Depression"

„Das Antidepressivum nehmen Sie ein halbes bis ein Jahr, bis sie stabiler sind."

Das ist einerseits der Schock, wie lange das noch gehen könnte, dann ist es die Einsicht, dass ich es nicht in der Hand habe. Jetzt zu sagen „Okay, aber dann setze ich jetzt ein Jahr als Grenze, sonst falle ich bei der Arbeit aus der Lohnfortzahlung oder so", ist Quatsch, ich habe es gar nicht in der Hand. Ich habe keine <u>Kontrolle</u>.

Und vielleicht geht es nicht um den Kampf, die Krankheit zu besiegen, sondern um Heilung, so im Sinne von Orangenduft-Massageöl.

Und es geht auch nicht um meine aktuellen Beziehungen oder ob ich es heute schaffe, etwas Produktives zu leisten, es geht nur darum, diesen fucking innerseelischen Konflikt endlich auszugraben. Ansonsten darf ich tun und lassen, was ich will.

Ich mache das immer daran fest, ob ich wieder arbeiten könnte, als wäre das das Ziel. Ich will ja gar nicht mehr arbeiten, da bin ich mir ziemlich sicher, aber da tickt ein Automatismus.

Erst im zweiten Schritt kommt dann dieses Wenn-ich-mich-um-meinen-Vorruhestand-kümmern-kann.

Wie gesund will ich werden? Und wie könnte das aussehen? Ich sehne mich nach Produktivität, aber wenn ich im Rentnermodus was geschafft bekomme und es mir auch unterwegs noch Spaß macht, werte ich es nicht als Produktivität.

Das Grundübel ist, dass ich nicht „einfach so" leben darf, ich muss mir eine Existenzberechtigung stricken, Tag für Tag. Das müssen nicht die coolen Projekte auf der Arbeit sein oder so was, das ist ein weites Feld mit flexiblen Definitionen, aber es muss jeden einzelnen Tag definiert werden.

Und ich darf keine Schwäche zeigen. Keine Ausreden gelten für mich, keine Entschuldigungen. Es geht nicht um Leistung, ich muss nicht die Klassenbeste sein oder die meisten Überstunden vorzuweisen haben, es geht darum, dass ein „Tut mir leid, dass ich zu spät bin, ich hatte einen Platten am Fahrrad" für mich nicht möglich ist, egal, ob ich wirklich einen Platten habe oder nicht, es schrumpft zur „AUSREDE".

Und ich muss nicht meinen Frieden mit ihnen schließen. Ich darf immer noch wütend sein, verletzt, von mir aus auch beschämt, aber sie dürfen verblassen, die Gefühle.

Claudia fragt mich, ob ich das Rezept für den Zwetschgendatschi von meiner Mutter habe, und ich, ganz empört: „Von meiner Mutter? Du glaubst doch nicht, dass die mir was beigebracht hat? Nein, das ist aus dem Internet."

Und das bleibt so stehen. Und das ist gut so. Kein Relativieren so von wegen, ach, sie war doch gar nicht so schlimm. Es ist egal, ich muss sie nicht entschuldigen. Und das kann dann verblassen.

Ich fange einfach jetzt erst an, das Ausmaß dessen zu begreifen, was mit mir passiert ist, was mit mir los ist. Meine Schwiegermutter sagt: „Du wirst doch nicht psychisch krank werden!"

Das kann ein Jahr dauern oder anderthalb. Also diese Theorie, solange es sich angebahnt hat, dauert es auch, bis es sich zurückgebildet hat, so à la Schwangerschaft, muss ich dann wohl nicht ab letzten Oktober rechnen, sondern schon ein Jahr früher, als es mit der Erschöpfung angefangen hat und ich es allein auf den hohen Blutdruck zurückgeführt habe. Dann wären es anderthalb Jahre – alles danach ist dann chronisch …

Alla hopp, dann richte ich es mir jetzt mal in meinem depressiven Leben ein ;-)

Sa. 28.07.2018

Ich muss natürlich schneller gesund werden als andere, ich bin sowieso gar nicht so richtig depressiv, weil ich ja schlafen kann, und ich will endlich gesund sein, damit ich das mit der Arbeit regeln kann … Und dann? Dann kann ich genau dieses Leben weiterführen, das ich jetzt führe. Wozu also die Eile? Und soweit, dass ich in Frührente gehen muss, kommt es schon gleich gar nicht. Erstens, weil ich nicht so ein Weichei bin, das sich so kleinkriegen lässt von ein paar Psycho-Problemen, und zweitens, weil diese Firma mir eine Vorruhestandsregelung mit zwei Jahren Abfindung schuldet.

Also erst mal muss ich das alles entzerren. Den Quatsch mit dem schnellen Gesundwerden begraben, und meine Gesundung hat einfach nichts zu tun mit den Q-Gates, die da unterwegs warten, wie das volle Jahr, nachdem die Firma keinen Zuschuss mehr zahlt. Es wird einfach so weitergehen, wie ich es jetzt angefangen habe und lebe. Ich werde vielleicht mal wieder dahin kommen, dass ich so produktiv bin, dass ich – ja was? Ein Buch schreiben kann? Arbeiten gehen kann, obwohl ich nicht arbeiten gehen will? Das sind so „milestones", die Quatsch sind. Wenn ich mehr von dem machen kann, was ich jetzt so mache, ist es einfach gut und wenn's dann für ein größeres Projekt reicht, auch gut. Und wenn nicht? Dann halt nicht. Das taugt nix als Maßstab. Gesund werden, darum geht es, sonst um gar nix. Und gesund werden ist kein Wettrennen.

Und dazu braucht es auch nicht die Kasteiung, dass ich keine Antidepressiva nehmen darf, weil das die Reinheit der Seelentherapie zerstören könnte. Die andere Angst bei den Psychopharmaka ist die, dass es mir dann so gut geht, dass ich keine Lust mehr habe, meinen Problemen auf den Grund zu gehen, weil der Leidensdruck nicht groß genug sein könnte. Also muss ich mich quälen, damit ich geheilt werden kann, sonst gilt es nicht.

Hier verschränkt sich die Krankheit mit ihren Ursachen. Es ist genau das, dass ich nicht krank sein darf, weil krank sein immer nur eine Ausrede ist. Das ist die Logik hinter dem Erschöpfungssyndrom. Wenn ich nicht so massive Symptome habe, fange ich sofort an zu leugnen, dass ich überhaupt krank bin.

Bei mir geht es gar nicht im Vordergrund um Leistung, dass ich eine Einser-Schülerin hätte sein müssen oder so. Das ging ja auch gar nicht, da hätte ich Eva torpediert damit. Ich muss moralisch perfekt sein. Nein, das ist noch zu grob. Wenn ich was nicht ändern kann oder mir der Aufwand zu groß ist, darf ich mich nicht mehr darüber ärgern. Und tendenziell ist der Aufwand immer zu groß, weil er gar nicht besichtigt wird. Und ich finde das eine Stärke, ich fühle mich dann richtig gut und erwachsen und weise.

Ich hänge an so einem Verhalten, dieses Sich-innerlich-zurücknehmen fühlt sich seeeehr gut an. Auch jetzt. Und wenn ich dann sehe, wie wütend ich in Wirklichkeit immer noch bin, dass sie mir das Vorruhestandsangebot unterm

Hintern weggezogen haben, passt das aber nicht zusammen mit der hlg. Stefanie.

Ich bewahre meine Sorgen für mich und belaste andere nicht damit.

Die Geduld, Sachen zu ertragen, die ich nicht ändern kann, die Kraft, Dinge zu ändern, die ich ändern kann, und die Weisheit, das eine vom anderen zu unterscheiden. Jammern geht gar nicht.

Andere jammern über die Hitze, ich geh morgens einen Kilometer schwimmen, weil ich sie dann besser vertrage oder lasse mir etwas anderes einfallen, das sie erträglicher macht. Wenn ich das nicht hinbekomme, leide ich schweigend und lautlos, dass es bloß keiner merken darf. Das Höchste ist ein Kann-mal-jemand-bitte-die-Heizung-ausschalten-Spruch.

MA So. 29.07.2018

Jetzt sackt es langsam ein.

Vielleicht ist Sprung in der Schüssel nicht das richtige Bild, sondern eine Wunde. Es wird eine Narbe bleiben, wenn es verheilt ist.

Das Ausmaß der Krankheit nicht mehr zu leugnen, macht mich unsäglich traurig, aber damit auch ruhig.

Ich denke an diesen Sommer (1994?), in dem ich mir das Schwimmen erobert habe, diese Kraft, diese Ausdauer. Das kommt nicht wieder, nicht nur wegen der Depression, sondern einfach aus Altersgründen. Man kann auch um sich selber trauern sozusagen. Als nächstes fällt mir dann die Arbeit ein, dieser komplette Sinn- und Motivationsverlust verdient auch betrauert zu werden.

Und dann stelle ich mir vor, ich säße im Münchener Wohnzimmer mit Mutti und Eva und würde versuchen, von meiner Krankheit zu berichten. Die geballte keifende Abschätzigkeit, die da vor meinem inneren Auge aufsteigt, ist schon fast wieder komisch.

Krank werden geht eigentlich gar nicht. Das ist per se Simulantentum. Das ist auch ein Gutteil der Panik im Umgang damit, dass ich komplett darauf angewiesen bin (hoffentlich „war"), dass man mir diese Krankheit zugesteht, ich kann das nicht einfach so konstatieren. Und das war schon immer so. Zum Arzt zu gehen, um einen gelben Zettel zu bekommen, ist immer eine Auslieferung meiner selbst an die „Macht".

Di 31.07.2018

Porzellanhochzeit!

Mir schwirrt der Kopf, es bricht so viel auf.

Unsterblichkeit, Unverwundbarkeit, Verleugnung, magisches Denken.

Ich kann einfach nicht krank werden, Krankheit (und Tod?) ist Evas Job.

Und ich ertappe mich dabei, das richtig gut zu finden für einen Moment, was soll dagegensprechen, wenn ich unsterblich und unverwundbar bin? Das ist doch geil? Und jetzt soll ich mich einfinden in Krankheit, Verletzbarkeit und Sterben-müssen? Ich mache autogenes Training und nehme „Ich darf krank sein" als Spruch und alles in mir wehrt sich dagegen: „Wer will denn schon freiwillig krank sein?" Diese VERLEUGNUNG ist der ultimative Schutzschild gegen alle Unbill des Lebens und das soll ich ablegen? Da wär' ich ja schön blöd!

Ach Eva-Schwesterherz.

Dieses große Herz, das sich in ihren Anwesenheiten nach dem Tod ausgedrückt hat, als sie mir dann gerne noch den Vati mitgebracht hat. Die Wut darüber, wie sie ihr Leben weggeschmissen hat, überdeckt noch heute, nein, heute mehr als damals direkt nach ihrem Tod, alles.

Hinter der blöden Kuh, die mich – und auch gerne meine Söhne – getrietzt hat, gab es auch, gut versteckt, eine weiche und mitfühlende Eva.

Diese Anwesenheiten waren unendlich tröstend. Auch wenn wir oberflächlich so verschieden waren und die Beziehung nicht so eng war, und wir beide uns nur an einsame Kindheitsnachmittage erinnert haben, obwohl wir beide im Haus gewesen sein mussten, war die BINDUNG doch enger, als mir bewusst war.

Wie rasend eifersüchtig muss Mutti darauf gewesen sein, dass ich sie noch „hatte", noch mit ihr am Teich sitzen konnte und für sie war sie gestorben. Je besser wir uns verstanden haben, desto größer war die Gefahr für sie. Diese Vorstadt-Girlie-Vergangenheit, hat für Eva ja tragisch geendet. Wenn ich meine, dass sie am Ende doch an der Beziehung zu Mutti erstickt ist, ist das dann auch magisches Denken? Oder psycho-logische Weisheit?

Dann hat sie den Krankheits- und Todespart auf sich genommen und hätte, wenn man das weiterdenkt, mir ein gesundes Leben ermöglicht. Ja ja, magisches Denken ... Aber wo sind dann meine Schuldgefühle?

Und wenn ich meine Unsterblichkeit und Unverwundbarkeit jetzt aufgebe, welche Tonnen von Schuldgefühlen und Angst brechen dann über mich herein?

Bekomme ich dann auf einmal Angst, hier in Wahrbachien allein zu übernachten? Angst vor Einbrechern? Angst allein nachts auf der Straße? Das wär ja doof.

Mi 01.08.2018

Und ich hüpfe den ganzen Vormittag breit grinsend wie ein gut gelauntes Rumpelstilzchen in der Gegend herum (jedenfalls innerlich) und schaue mir selbst beim Verleugnen zu. Das ist so eine Macht, so absurd und gleichzeitig so zwingend. Dieses kindisch-alberne: Da könnt ihr alle sagen was ihr wollt, in Wirklichkeit bin ich doch unsterblich und unverwundbar – ÄTSCH! Das tanzt vergnügt in mir herum und ich selbst steh' staunend dabei – aber ich grinse eifrig mit.

Diese Verleugnung ist aber so groß, umfasst und durchdringt so viel von meinem Leben, dass ich nicht weiß, was dann alles davon erschüttert, umgegraben, beim Dammbruch überspült und weggerissen würde, so dass auch, wenn ich versuche, mich ernsthafter dran zu wagen, ich schnell wieder abbiege.

Es geht ja nicht nur darum, mich jetzt davon zu lösen und heute einzusehen, dass Krankheit und Tod dazugehören, Angst habe ich vor dem alten modrigen Schmodder, der dann ans Licht kommt. Wenn ich meine Abwehr so massiv und Leben durchdringend und seit Jahrzehnten aufrechterhalten habe, welche Monster müssen das sein, die hinter diesen weißen Mauern lauern? Im besten Falle Scheinriesen!

Es ist derselbe Umgang mit Krankheit, wie Mutti ihn im Umgang mit sich selbst und ihren Krankheiten hatte. Erkennen, bekämpfen, niederringen, vergessen. Bei ihr waren es Tabletten, bei mir dann eher Pilates, Ernährung oder sonst was, aber es ist dasselbe Prinzip: Krankheit wird nicht geduldet. Ich erinnere mich, dies als mechanistisch und/oder faschistoid bezeichnet zu haben. Und sie hat es auf alle angewandt und ich wende es auf mich an. Was war das für ein schöner Tam-Tam mit den Kügelchen bei Max! Wadenwickel, Halswickel, Kräutertees und Duftlämpchen und der Piet mit Pflastern + Verbänden. Ich hab' wenigstens meine Söhne einigermaßen damit verschont. Vielleicht ist das der Sprung in der Schüssel, der BRUCH. Nicht dass etwas in mir zerbrochen ist, dass nur noch gekittet werden kann – notdürftig –, sondern der Sprung ist im Damm der Realitätsabsplittung und das Vorzeichen dafür, dass die Mauer, die zwischen mir und den abgesplitteten Teilen steht, dabei ist, einzubrechen. Das wär ja dann schön.

Und dann mache ich mir ernsthaft die Mühe und schreibe einen Wikipedia-Artikel ab, und fülle damit den „Kakadu im Dschungel", das ist der Name des zu dieser Zeit aktuellen Tagebuchs:

VERLEUGNUNG
Als Verleugnung wird in der Psychoanalyse ein Abwehrmechanismus bezeichnet, der die Spaltung oder auch Spaltungsabwehr, also die Reaktivierung eines frühkindlichen psychischen Zustandes, unterstützt. Das Zusammenspiel dieser beiden primitiven Abwehrmechanismen bewirkt, dass negative Aspekte des Selbst oder der Umwelt nicht mit den entsprechenden positiven Aspekten integriert werden …
Mittels Verleugnung lässt sich die Wahrnehmung realer Sinneseindrücke und deren Bedrohung für das Individuum ignorieren. Bedrohliche Stücke äußerer Wirklichkeit können auf diese Weise als nicht existent anerkannt werden.
Bei der Verleugnung handelt es sich also um das innerpsychische Pendant zum Abwenden des Blicks von einer Gefahrenquelle. Dieser Me-

chanismus ermöglicht es dem Individuum, bewusste oder vorbewusste bedrohliche Inhalte notfallmäßig dem Bewusstsein zu entziehen. Die Abwehr durch die Verleugnung ist also eine spontan einsetzbare Schutzreaktion, mit der die Person einer unangenehmen Wahrheit die Aufmerksamkeit, ja sogar den Realitätsstatus, entziehen kann. Den Prozess einer dauerhaften Verbringung aversiver psychischer Inhalte ins Unbewusste kann die Verleugnung jedoch nicht leisten …

… die Verleugnung blendet als spontane Schutzreaktion breitere Realitätsausschnitte aus … Dadurch stört die Verleugnung mehr als die Verdrängung logische Denkprozesse, emotionales Empfinden, Empathie und die Realitätsprüfung. Infolgedessen kann zudem die Lernfähigkeit eines Individuums in Bereichen eingeschränkt sein, die immer wieder der Verleugnung unterliegen, weil an diese ausgeblendeten Inhalte keine Erinnerungen aufgebaut werden können."

Jetzt sitze ich staunend vor diesem Text. Wie nach Monaten, in denen Dumpfheit und hibbelige Panik sich jeden Tag mehrmals den Staffelstab überreicht hatten, gleichzeitig mein kluger Kopf und meine Sprache wieder den Betrieb aufgenommen hatten.

*

Noch mal ein paar Wochen später, ich bin immer noch geplagt von Erschöpfungszuständen und Kurzatmigkeit, die ich mir nicht erklären kann, entfalten sich neben der Sprache auch die Bilder. Die Szene von Klein-Steffi und dem Krokodil stammt aus dieser Zeit oder das Tankstellenschild auf der Strecke nach Riga.

Und eine Szene in einem Krankenhaus. Ich, die ich zu diesem Zeitpunkt noch nie in einem Krankenhaus als Patientin gewesen war, sehe mich auf einem Bett sitzen mitten im Krankenhauszimmer, das in wunderbar helles, weiß-gelbes, warmes Licht getaucht ist, und eben kommt jemand Bekanntes, Vertrautes zur Türe rein. Das Licht ist dasselbe wie damals im Geburtshaus, als sie das frisch geborene Max-Baby in seinem Bettchen in die Sonne geschoben hatten zur Vermeidung der Neugeborenen-Gelbsucht.

Mein Bett ist frisch gemacht, die Bezüge in weißgelben Streifen, ähnlich einem Bezug von Vatis Bett, den ich geerbt habe, und mein Fuß liegt auf der zusammengerollten Bettdecke, frisch verbunden nach der Hornperlenentfernung. Ich bin geborgen in dieser Situation, man kümmert sich um mich, ich bin nicht allein und muss nicht gleich aus der Praxis humpeln, während sich alle nur um meine Schwester kümmern, wie damals. Das fühlt sich an wie eine Wiedergutmachung.

In dasselbe Licht getaucht ist der Blick ins Esszimmer bei einer Schulkameradin, die in meiner Erinnerung immer Klassensprecherin gewesen war, sie soll hier Katrin heißen. Erst sehe ich nur das Bild eines kleinen Gartentürls und dann betrete ich das Haus, eine typisch-quadratische Villa aus den 20ern, und erhasche vom Gang aus einen Blick in das Erdgeschoß, wo ihre leuchtend blonde Mutter in einem weich fließenden, hellen Hippie-Kleid steht. Katrin und ich gehen zusammen die Holztreppe zu ihrem Zimmer hinauf und dort sitzen wir gemeinsam auf dem Boden vorm Plattenspieler und hören Leonard Cohen.

In Wirklichkeit war ich nur ein einziges Mal bei ihr, meine ich, und ob wir da Leonard Cohen gehört hatten, kann ich nicht sagen, es hätte aber gepasst, und ohne Jasmintee ist diese Szene nicht rund.

Obwohl wir nicht eng befreundet waren, war sie die Einzige, bei der ich einmal versuchte, über mein Zuhause zu reden. Ich konnte mein Unglück nicht richtig fassen und schon gar nicht beschreiben und so endete es darin, dass ich erfuhr, wie sehr ich um mein Elternhaus beneidet wurde. Weil ich kam und ging, wie mir beliebte, abends oder erst nachts zurückkam, ohne dass es jemanden interessierte und ich vergleichsweise viel Taschengeld bekam.

*

Und dann formt sich der ganze Fortgang der Therapie in ein komplexes Bild, das erst schemenhaft entsteht und dann kann ich in die Details hineinzoomen wie im Anfang eines Films, wenn man erst über die Stadt fliegt und dann in ein Haus gesogen wird:

Die Hexe, eben die, die den fünfjährigen Jungen verschlungen hatte, sitzt oben links in der Ecke einer schwarzen Box, ähnlich einem dieser Holzkästen, in denen man als Geschicklichkeitsspiel eine Kugel an Löchern vorbei navigieren muss, und pisst das schwarze Gift in die Bahn des Labyrinths. Von ihr aus fließt die Schwärze langsam nach unten, vorbei an drei Balken, die aus schwarz-grauen Keramikplättchen in Ziegelformat bestehen. Die Plättchen kenne ich, die waren an den Wänden des kleinen Klos im Karwinkel. An jedem Balken klärt sich das schwarze Gift zu immer heller werdendem Wasser, am Schluss leuchtend blau.

Der erste Balken ist die Einsicht in die Verwundbarkeit und Sterblichkeit, die mich einige Tage der übergeschnappten Euphorie gekostet hat. Ich hatte beim Versuch, meinen Schlafzimmervorhang von der Stinkwanzeninvasion zu befreien, meinen Fuß mit zu viel Schwung gegen den Kleiderstuhl gestoßen und mir dabei den zweitkleinsten Zeh gebrochen. Nach einem freitagnachmittäglichen Besuch in der Ambulanz des nächstgelegenen Krankenhauses humpelte ich mit einem schwarzen Schutzschuh herum, stolz meine Wunde zeigend.

Der zweite Balken, nach dem das Wasser schon fast durchsichtig wird, ist die Schaschlikspieß-Szene, das „gruseligste aller Gruselbilder" heißt es in meinem Tagebuch:

Ich bin in einer Art Laden in einer düsterbraunen abendlichen Straße im Berlin der 20er Jahre – wieder einmal Babylon Berlin – und mit schnellen, professionellen Handgriffen führt ein sehniger, tätowierter Mann eine Art gebogene Schaschlik-Spieß-Nadel durch meine diversen Nebenhöhlen. Kein Blut, kein Schmerz, aber am Ende ragt der Griff eines Schaschlik-Spießes senkrecht aus meiner Stirn. An der Decke des Ladens sind Metallschienen montiert, an denen kleine Haken entlanglaufen, die mich zu totaler Bewegungslosigkeit verdammen würden, aber ich werde nicht drangehängt. Nur kann jetzt einfach jeder mich am Spieß packen und mich in absolute Starre verdammen, keinen Millimeter Bewegungsfreiheit dann, und jeder kann es mir ansehen, dass er mich zur absolut hilflosen Marionette machen kann. Dann, wie oft in diesen Szenen, rutsche ich in eine andere Perspektive und sehe den Laden von außen, ich stehe da als einer der hunderte Statisten im braunen Anzug, schemenhaft. Der Laden ist noch beleuchtet, aber der Täter ist nicht mehr zu sehen.

Und der dritte Balken sind die großen schwarzen Schwingen, die mich umfangen halten, wenn ich Steinei-Panik habe, ein anderes sich wiederholendes Bild. Als aus dem Nichts der Depression erste Gefühle aufgebrochen waren, habe ich ein aufbrechendes Stein-Ei gesehen, aus dem ein kleiner Drache hervorlugte, mehr ein Verweis auf das Urmel der Kindheit, als dass ich befürchten musste, von einem feuerspuckenden Monster verletzt zu werden. In Paniksituationen umschließt mich dieses Ei mit seinem Betongrau, und wenn es nach Tagen langsam wieder bröckelt und ich in meiner dann sehr dünnhäutigen Verletzlichkeit wieder durchzuschimmern beginne, gesellen sich dazu schwarzen Flügel, die mir Schutz bieten, vielleicht des Doktor Sigismunds ausgebreitete Raben-Schwingen.

Jeder Balken fühlte sich an wie ein weiterer Schritt in Richtung Befreiung und Heilung. Inmitten des Grusels war sie zu finden, die Klärung, nach der ich mich so gesehnt hatte, und die ich jetzt sehen konnte, auf einmal ganz ruhig.

Moder der Dunkelheit

Erst konnte ich nicht mit Mann und Sohn nach Riga, weil es mir irgendwie nicht gut ging – ich nannte es Erkältung – und dann kam der befürchtete Termin beim Medizinischen Dienst an genau dem Tag, an dem ich ihnen hatte hinterher fliegen wollen. Dieser Termin war geeignet, die haarigen Spinnen heraufzubeschwören, die Jahrzehnte früher der Spion vom Arbeitsamt meinen nächtlichen Träumen beschert hatte, aber meine größte Sorge war, dass ich jetzt schlussendlich – „finally" möchte ich sagen - als Simulantin entlarvt werden würde. Dort würden sie meine übersensiblen Empfindlichkeiten ein Ende bereiten und mich wieder zurück auf Arbeit schicken.

Ich war drei Minuten zu spät, weil um das gesamte Gebäude herum keine Stange zu finden gewesen war, an der ich mein Fahrrad hätte anschließen können. Das wurde geflissentlich vermerkt und brachte mich in die schweigende Verteidigungsrage des Ich-wäre-ja-pünktlich-gewesen. Tja, und dann saß da eine Blondine-Ärztin und erklärte mir, dass in meinem Alter Depression meistens nicht mehr ausgeheilt werden könne und ob ich wüsste, dass damit mein Herzinfarkt-Risiko vierfach erhöht wäre? Außerdem wäre ich für den kurzen Weg vom Wartezimmer in ihr Büro sehr kurzatmig und da könnte eine Herzinsuffizienz dahinterstecken. Ich solle mal zum Kardiologen gehen. In ihrem Bericht stand dann noch, ich wäre adipös, was ich erstens zu diesem Zeitpunkt nicht war, und zweitens hätte es dazu vielleicht der Abfrage von Größe und Gewicht bedurft. Es gibt so einen Typ blonder Frauen, an denen alles rund und weich ist und die viel Disziplin brauchen, um ein sogenanntes Normal-Gewicht zu halten, und sie war von dieser Sorte. Das hatte wohl ihre Beurteilung meiner Statur verfälscht, aber das nur am Rande.

Ein paar Stunden später saß ich dann doch im Flugzeug, Erschöpfung und Kurzatmigkeit hin oder her, und mir war so leicht wie lange nicht mehr.

Wochen später gab es zu diesem Tag eine Traumsequenz:

Ich bin in einer Abflughalle am Flughafen, ich will nach Riga und mir ist der Weg versperrt. Kreuz und quer im Raum stehen Paravents, dazwischen Fernseher, die mir Filme aus der Vergangenheit zeigen sollen, aber sie verblassen, bevor ich etwas erkennen kann. Mutti ist die Organisatorin dieser Stellwände und stellt sich mir in den Weg, als ich mich seitlich dran vorbeidrängen will, und Vati sitzt ums Eck an dem alten Schreibtisch, der, vor den Kunden verborgen, zwischen den Regalen in unserem Textilwarengeschäft gestanden war. Er sitzt einfach nur da und amüsiert sich leise lächelnd über diese Szene. Direkt davor stolziert der fünfjährige Junge wie ein Pappkamerad, er ist aber nur seine eigene Silhouette und scheint sich um nix zu kümmern. Aber er lenkt meine Mutter ab und ich kann an diesem Arrangement vorbeischlüpfen und zum Gate eilen, wo der Flieger mich zu meiner wahren Familie bringt.

Das ist von einer realen Erinnerung nicht mehr zu unterscheiden.

*

Facharzttermine sind eine Frage der Geduld und wenn man sich, wie ich es tat, nicht als dringlich empfindet, kann das dauern. Tat es auch. Ich fand mich bei dem Kardiologen wieder, der zwei Jahrzehnte zuvor daran gescheitert war, mir ein Herz-Echo zu schallen. Bei der Sorte Narkose, die sie damals verwendet hatten, war ich zwar bewusstlos, aber nicht bewegungslos gewesen und fand es mit einem leicht schmunzelnden Achselzucken nur logisch, dass ich mich wohl heftig zur Wehr gesetzt hatte, als man mir einen Schlauch in den sensiblen Hals schieben wollte. Er sah deutlich älter aus, aber ich erkannte ihn noch wieder, er erinnerte sich weder an mich noch an meine Wehrhaftigkeit und ich klärte ihn auch nicht auf.

Er befand mein Herz für gut (das hätte er eh schon gewusst, sagte mein Mann), fand aber als „abzuklärende Nebendiagnose" Wasser im Lungenspalt, was Google automatisch in Pleura-Erguss übersetzte und egal, wo man den herhat, verheißt er nix Gutes.

Weil es dann immer noch vier Wochen bis zum Termin bei der Lungenärztin war – das war der Termin, mit dem ich beweisen wollte, dass ich keine COPD hatte – schickte mich Dr. Alexandra schon mal prophylaktisch zum Röntgen und dort wollten sie dann auch noch schnell ein CT machen. Ein aufgeregter und zugleich vorwurfsvoll wirkender Radiologe – vor Corona sprachen die noch mit uns Patientenvolk – entließ mich zutiefst verwirrt ins Wochenende. Am Dienstag darauf holte ich den Bericht eigenhändig bei ihm ab, weil er es natürlich nicht über den Flur zur Lungenärztin geschafft hatte.

Ich fing schon an, darin zu lesen, bevor ich ihn beim Empfang bei der Lungenärztin abgab und blieb erst mal an seinem „Caveat" hängen: dass er mich über die Schwere meiner Erkrankung nicht aufgeklärt hatte, weil er am Freitagnachmittag bei meiner Hausärztin niemand mehr erreicht hatte und mich mit dieser Diagnose nicht ins Wochenende hatte gehen lassen wollen. Daher seine wirre Rede, aber jetzt hatte ich den Brief dann doch unbeaufsichtigt in der Hand, spürte die Bedrohung, konnte den Inhalt aber nicht wirklich erfassen. Das hat sich übrigens zu einem andauernden Phänomen bei Arztberichten ausgewachsen: Ich kann die einzelnen Aspekte und Diagnosen nur häppchenweise verdauen und finde manchmal nach Monaten noch neue Details, die es beim ersten Lesen nicht in mein Bewusstsein geschafft haben.

Als Micha mich dann vom Ärztezentrum abholte, ich trug mein neu erworbenes hellrosa Mäntelchen mit dem Plüschkragen, das ich mir in Anlehnung an klein-Steffis Mäntelchen gekauft hatte, fiel ich auf den Beifahrersitz und schluchzte „Verdacht auf Lungenkrebs". Da saßen wir dann kurz heulend im schönen roten Skoda, bis uns das absolute Halteverbot zur Heimfahrt gemahnte.

Das konnte nicht sein. Es war neun Monate her, dass meine psychische Krankheit zu diesem Zusammenbruch auf der Arbeit und anschließender Krankschreibung geführt hatte, und mein Geheimplan war es gewesen, diese neun Monate symbolisch als eine Heilungs-Schwangerschaft zu deuten. Mein erster großer Aufschrei bei der Diagnose war: „Ich war nicht schnell genug!" Ich war nicht schnell genug, weil das schwarze Böse sich nicht als Krebs manifestieren hätte können, wenn ich mich früh genug auf den Weg gemacht hätte, es herauszulassen, wenn ich die Rüstung Jahre vorher abgestreift hätte und der schwarze Moder hätte abfließen können, wenn ich früher eingesehen hätte, dass ich schwach und verletzlich war und Hilfe gebraucht hätte, wenn ich … Als ob ich es hätte aufhalten können.

*

Ich sehe mich noch mit einem kleinen Köfferchen auf den Eingang der Thoraxklinik zusteuern und aus dem Augenwinkel fällt mir im Vorgarten ein kleines Glashaus auf, wie eine Bushaltestelle. Dort steht ein am Bademantel als Patient erkennbarer, ausgemergelter Kerl mit Lederhaut. Aus dem Schlitz seines Bademantels führt ein Schläuchlein in eine durchsichtige Flasche, die er in einem Infusionswägelchen mit sich herum schiebt, und die ist mit einer gelb-rosa

Flüssigkeit gefüllt, und er raucht. Wenn ich jemals auch so ein Wägelchen mit mir rumfahren muss, höre ich auf zu rauchen, denke ich, bin mir aber sicher, dass ich nicht in diese Lage kommen werde, so was habe ich ja nicht, die wollen ja nur ein bisschen Pleurawasser ablassen und dabei eine Gewebeprobe nehmen, so schlimm kann das ja nicht sein.

Es war das erste Mal in meinem Leben, das ich als Patientin ein Krankenhaus betrat. Ich kam nicht, um meinen Vater, meine Schwester oder meine Mutter zu besuchen, sondern sollte mich selbst in so ein Bett legen. Ich erinnere mich, dass ich es kurz auch ganz praktisch fand, die festen Schuhe gegen meine Birkenstock-Schlappen eintauschen zu können und sogar hinlegen durfte ich mich, das war mir zu diesem Zeitpunkt wichtig. Am gleichen Abend durfte ich doch wieder nach Hause übers Wochenende, weil sie den rechten Pleuraerguss für zu läppisch befunden hatten, um ihn zu punktieren und um den linken wollten sie sich ja erst am Montag kümmern, also bekam ich Aufschub vom Perspektivwechsel.

Als ich am Sonntagabend mit zusammengeknäultem Magen wieder zurückkehrte, flüchtete ich mich, bevor ich mich dann zum Schlafen hinlegte, nochmal in diese Bushaltestelle vor dem Nieselregen und unter Husten nahm ich zwei oder drei Züge von meinem Tabak. Das war erst mal die letzte, denn am nächsten Tag, als ich aus der Narkose erwachte, hatte ich natürlich einen Schlauch aus meinem Körper hängen, unter dem Busen, zwischen der fünften und siebten Rippe irgendwo, und die Flasche war voller gelblichrosa Flüssigkeit, Pleurawasser, wie mir dann klar wurde.

Den Schlauch sollte ich als Dauerdrainage behalten und ich wurde mit den verschiedensten Utensilien ausgerüstet, um das Pleurawasser selbst ablassen zu können, bevor sich mich nach Hause schickten.

Keiner sprach mit mir, aber sie händigten mir einen Abschlussbericht aus und während ich auf Micha mit dem Skoda wartete, durchpflügte ich Google nach metastasiertem Brustkrebs, Pleurakarzinose und Luminal A. Und wieder plumpste ich mit aufregenden Neuigkeiten auf den Beifahrersitz: „Das ist ein ganz harmloser Krebs, ich brauche gar keine Chemo und auch keine OP und den kann man mit einem neuen Medikament kleinkriegen." Ich hatte Lunte gerochen, aber Micha glaubte mir bestimmt erstmal kein Wort.

*

Am Tag, bevor ich wieder in die Thoraxklinik zurückmusste, weil das hohe Fieber sich nicht beruhigen wollte, war ich bei Dr. Alexandra gewesen und hatte mir meinen Tabak mitgenommen. Seit ich aus dem Krankenhaus draußen war, wollte ich doch hin und wieder einen oder zwei Züge nehmen und hatte mir einen Entzugsplan ausgedacht: Immer einen Tag mehr Pause zwischen den Zigaretten. Ich kann ja sehr konsequent sein, und ich war schon bei vier Tagen Abstand zu den letzten Zügen.

Es war schon dunkel, als ich aus ihrer Praxis kam, und ich schlich mich zu dem nahegelegenen Platz, an dem es ein Bänkchen gab, auf dem ich meine geplanten zwei bis drei Züge von der Zigarette nehmen wollte.

An diesem Platz hatten wir Yarn Bombing betrieben, in einer nächtlichen Aktion hatten wir das dort befindliche Stück Platzarchitektur, Neckartor genannt, mit 44 qm Strick- und Häkelwaren behängt und uns in der darauffolgenden Zeit dann regelmäßig dort abends auf ein paar Biere getroffen. Das war aber auch schon wieder eine Weile lang eingeschlafen, wie das bei solchen Geschichten so ist.

An diese erinnerungsreiche Stelle setzte ich mich und versuchte dabei, meine Jacke so weit herunterzuziehen, dass ich vor dem kalten Stein der Bank geschützt war. Ich holte meinen Tabakbeutel, klemmte ihn zwischen Mittel- und Ringfinger, wie tausende Male zuvor, holte ein Blättchen raus, rollte es vor und klebte den Filter rein. Ich erinnere mich, dass ich mich selbst dabei beobachtete, weil es ja schon anfing, ungewohnt zu werden. Ich spürte dem Gefühl in den Fingern und dem Geruch des Tabaks nach und genoss es und vermisste es im selben Moment. Ich zündete die Zigarette auch noch an und unter Husten nahm ich einen kleinen Zug, dann huschte wie aus dem Nichts eine Ratte zwischen meinen Beinen hindurch. Ich ließ einen kleinen Schreier los, zum Aufspringen langte es damals nicht.

Manchmal muss man das, was einem passiert, als Zeichen sehen und das hier war deutlich. Am nächsten Tag war ich wieder in der Thoraxklinik und dies ist für mich bis heute der letzte Zug an einer Zigarette geblieben.

*

Mein vorrangiges Ziel beim zweiten Aufenthalt in der Klinik war es, diesen Schlauch wieder loszuwerden, der zwischen meinen Rippen die Oberfläche meiner Haut durchdrungen hatte. Er gab kaum noch Flüssigkeit her, und war deswegen aus meiner Sicht unnütz.

Dass dort die Entzündung saß und damit auch die Ursache für das Fieber, das mich so ins Schwitzen brachte, dass ich mein Bett in schöner Regelmäßigkeit unter Wasser setzte, begriff ich erst, als man mir bei der Visite das Pflaster entfernte und ich, die ich nach zwei Wochen ohne Rauchen erste Riechfähigkeiten zurückgewonnen hatte, den Geruch mit einem „Bäh, wie stinkt das denn!", kommentierte. Daraufhin wurde ein Abstrich gemacht und ich bekam ein drittes, nun angepasstes Antibiotikum, das brachte dann vielleicht die Wende. Jahre später erzählte ich in einem anderen Zusammenhang einer Nephrologin von den damaligen Entzündungswerten und ihr: „Das war ja knapp vor der Sepsis", machte mir in einem lang verzögerten Schock klar, wie sehr mein Leben damals auf der Kippe gestanden war.

Ich war fleißig damit beschäftigt, jede Gelegenheit, die sich mir bot, dazu zu nutzen, darüber zu verhandeln, dass man mir die Dauerdrainage entfernen sollte. Neben der persönlichen Abwehr gegen etwas, das die Grenze zwischen Außen und Innen durchstieß, die täglich wuchs, schien ja mein Körper derselben Meinung zu sein. Er fand das unnatürlich. Er wollte dicht sein, er war nicht dafür geschaffen, durchbohrt zu werden. Obwohl der Eingriff ja minimal-invasiv gewesen war, war die Grenze zwischen außen und innen durchstochen und mein Körper kannte keinen Unterschied zwischen dem Skalpell des Chirurgen und einer kriegerischen Waffe.

Ich schaffte es unter zwielichtigen Umständen, dass mir die Dauerdrainage gezogen wurde und erst in dem Augenblick, in dem ich das Schläuchlein sehen konnte, das mein Körper einige Wochen in sich beherbergen musste, kam die ganze Abscheu mit hoch. Nachgelaufen war ja schon seit der Diagnose nichts mehr in den Lungenspalt, links sowieso, weil durch die Entzündung die Pleura versiegelt worden war (diese Methode setzt die moderne Medizin übrigens absichtsvoll ein, indem sie Talkum in die Pleura einführt, um mit Hilfe der darauffolgenden Entzündung ein Verkleben herbeizuführen, aber das nur am Rande). Aber auch auf der rechten, unbehandelten Seite hatte es aufgehört. Da hatte noch keine medikamentöse Therapie begonnen, mit der sich dieser Stillstand hätte erklären lassen. Nicht nur die kleine Steffi, auch der Krebs wollten anscheinend einfach nur gesehen werden.

*

Die vielen Schlafphasen, die meine Tage und Nächte in der Klinik ausmachten, waren nicht begleitet von einzelnen Alpträumen, sondern ergaben eine eigene Welt des Schreckens, um deren Real-Sein ich kämpfte. Ich verlor diese Träume mit jedem Aufwachen, das Einzige, woran ich mich erinnern kann, ist, dass ich die Szenen festhalten wollte beim Erwachen, ein heftiges Das-ist-jetzt-aber-wahr, das aber mit dem ersten Blinzeln im Tageslicht ins tiefe Dunkel versank, jedes Mal.

Ich meine mich erinnern zu können, dass es immer nur darum ging, Dinge in die passenden Schublädchen einzusortieren, was aber nicht ging, weil die Sachen zu groß waren, weil sie aus den Schubladen herauskrochen und sich in anderen versteckten, während ich mich auf das nächste Teil konzentrierte und keine Hand frei hatte, um sie einzufangen. Ich weiß auch noch, dass ich merkte, dass der abgrundtiefe Schrecken dieser Träume in dem Geschehen nicht die geringste Entsprechung hatte.

Lange Monate später, in den intensivsten Zeiten der Psychoanalyse, schrieb ich einmal:

„Auch die neue Daddel-App „3D-Match-Fun" hat, als ich sie mir endlich genehmigt habe, beruhigende Wirkung in ihrer meditativen, endlos scheinenden Wiederholung. Als die Bärchen, Akkus und Trauben den Weg ins Unterbewusste gefunden haben, fange ich an, es zu verstehen. Es ist eine dreidimensionale, bunte Version meiner Alptraum-Schächtelchen aus den Nächten in der Thorax-Klinik. Die haben sich verwandelt und dass ich sie jetzt ausgiebig bedaddeln kann, zeigt die Verwandlung, die sich vollzogen hat. Diese Quadraturen, mal als Gestänge auf Sigismunds Orientteppich, mal als archivarische Schubladen, sind Bilder, deren Grausamkeit unsichtbar ist. Das ist schlimmer als das festgedrückte Baby auf der Wickelkommode, obwohl ich das Grauen daran nicht fassen kann. Es sind einfach nur Kästchen, irgendwelche Quadraturen, die stimmen müssen und die ich nicht stimmig bekommen konnte. Und auch diese Unfähigkeit ist nicht schrecklich oder beängstigend, sondern entgrenzend, es ist keine Schwärze, es ist ein Nichts, kein Schwarz, kein Weiß, sondern ein undefiniertes Nichts. Das Grauen hat kein Gefühl, keinen Geschmack, es ist unfassbar."

Näher bin ich dem nie gekommen.

Einen echten Alptraum gab es dann, als ich schon Wochen wieder zu Hause war und eigentlich in meinem eigenen Bett wohlbehütet mit dem Sequel-Kater auf der lädierten Brust schlafen konnte:

Ich liege in einem Krankenhausbett, vom Fieber nassgeschwitzt, die Haare hängen in klebrigen Strähnen herunter, der eitrige Drainageschlauch schmerzt und ich bin auf einer Bühne im Dunkeln. Der Vorhang ist noch geschlossen und ich höre meine Mutter Regieanweisungen geben. Mir soll auf offener Bühne offenbart werden, dass das mit dem Brustkrebs und der Pleurakarzinose alles nur eine Inszenierung war, so à la versteckte Kamera. Und ich soll dann im strahlenden Scheinwerferlicht Tränen des Glücks vergießen. – Dann will ich doch lieber aufwachen und Krebs haben.

*

Die Seiten der Tagebücher, die ich seit der Depression so eifrig und konsequent vollschrieb, waren wochenlang leer geblieben, nur ein kurzes: „Ein einziger Alptraum der Atemnot und Ohnmacht" hatte ich nach der Rückkehr aus der Thorax-Klinik auf Papier gebracht.

Wochen später, als all der Schrecken sich ein bisschen gelegt hatte, entstand das erste Bild. Ich versuchte morgens im Bett, vermutlich jeden Morgen, dem schwarzen Chaos in meinem Thorax nachzuspüren: Das Gebirge an Pleurakarzinose, das die Aufnahmeärztin in der Klinik mir gezeigt hatte, das nachlassende Wasser im Lungenspalt, wie sehen Metastasen eigentlich aus?

Ich schaute mir die CT-Bilder immer wieder an. Wenn ich die Bildersequenzen ablaufen ließ, sah es in der Lunge aus wie einer der ersten Bildschirmschoner von Windows, bei dem die Sterne als weiße Punkte auf schwarzem Grund durchs Weltall flogen. Waren diese weißen Punkte alles Krebsknoten? Spoiler: Nein, waren sie nicht, aber ich dachte darüber nach, ob ich mit dem Krebs ein ganzes Weltall mitten in meiner schwarzen Tiefe bergen würde. In dieser Zeit am Morgen, im Zwischenreich von Schlafen und Wachen, stieg eine Szene auf:

Inmitten meiner Lunge auf einer runden Metastase, (die verdächtig einem grob gestrickten Hocker gleicht, der mir in den Werbepausen bei meinen Daddel-Spielen unentwegt angezeigt wurde) sitzt er, der fünfjährige Junge. Ich kann ihn nur von schräg hinten sehen, wie so oft ist er mir nicht zugewandt. Er trägt kurze Lederhosen, wie sie die Kinder in Bayern früher hatten, aber in hellblauem Lackleder und lässt aus einem durchsichtigen Schläuchlein klares Wasser in meine Pleura laufen, auf dass ich endlich merke, wie es um mich bestellt ist. Wieder einmal ignoriert er mich, aber er tut, was getan werden muss. Er bringt mit dem Hellblau, das am Ende Heilung signalisieren wird, den Krebs und den ganzen dazugehörigen Schmodder an die Oberfläche.

Die Monate danach wollen sich kaum hervorlocken lassen. Ich erinnere mich an einen der ersten Spaziergänge, als ich, vielleicht 80 Meter von zu Hause weg, japsend an die Mauer des neuen Türkenhauses gelehnt stand, das damals schon lange nicht mehr neu war, aber der Name ist geblieben. Zur Erinnerung geronnen ist dieser Augenblick, weil eine Frau von der Straßenseite gegenüber auf mich aufmerksam wurde und fragte, ob alles in Ordnung sei. „Ja, ja, geht gleich wieder" antwortete ich beschwichtigend.

Der kleine Spaziergang zum Alten Messplatz und zurück dauerte doppelt so lange und nachdem ich den Damm wieder erklommen hatte, musste ich nicht nur pausieren sondern mich setzen und geriet in Panik, weil ich kein Bänkchen in der Nähe finden konnte. Ein Jammer war er, dieser Körper.

Der erste Fahrradausflug war nicht viel besser. Ich weiß nicht, was ich erledigen wollte, aber ich sehe mich zwei Kilometer von zu Hause weg an einer viel befahrenen Straße an ein Zäunchen gelehnt stehen, verzweifelt darüber, dass nicht mal das Radeln gelingen will. Auf die ersten vier Bahnen, also 25m-Bahnen, die ich geschwommen bin, ohne eine Pause einlegen zu müssen, war ich stolz.

Ich spickle in mein Tagebuch, um dieser Zeit noch mehr zu entlocken, aber da sind natürlich nur die Ereignisse verzeichnet, an denen etwas passiert, innerlich oder äußerlich, das Alltägliche fehlt. Ich weiß noch, dass ich einmal auf dem Bett saß am Morgen und mich nicht zum Aufstehen aufraffen konnte, und als Micha fragte, hab' ich gesagt: „Ich bin einfach nur so unglücklich", das verstand er gut. All diese Momente sind Körnchen, an denen sich eine Erinnerung kristallisieren konnte, aber an das Gefühl reiche ich nicht mehr hin.

Das ist wie mit dem Schmerz: Letztes Jahr im Urlaub, als die Sternumfraktur frisch war und noch unter dem Label Muskelzerrung lief, saß ich mit der besten Freundin von allen in der Bar vom Campingplatz in Nantes und verschluckte mich am Aperol Spritz. Ich musste aus dem Stuhl hoch und presste mich hustend gegen einen Pfosten. Ich weiß, dass ich dachte, das ist jetzt aber eine zehn von zehn auf der Schmerzskala und ob ich jetzt wohl in Ohnmacht fallen würde. Aber daran, wie es sich angefühlt hatte, erinnerte ich mich schon wenige Wochen später nicht mehr. Und genauso ist es mit dem Unglück des Krebses.

Auf die vier Bahnen am Stück kucke ich heute vom hohen Ross der Einen-ganzen-Kilometer-Schwimmerin und kann den Graben dazwischen nicht füllen. Ich möchte nicht mehr zurück zu diesem Jammer und pflege heute die Wut auf den Ischias, der erstens voll ungerecht und zweitens so unnötig wie ein Kropf ist, „wira Groopf" muss das klingen. Was ich dabei vergesse, ist die Perspektive. Damals konnte ich nicht wissen, dass ich sechs Jahre später überhaupt noch da bin. Darüber nachzudenken hatte ich mir zwar verboten, aber das versperrte auch den Blick auf die Hoffnung.

*

Mehr als ein halbes Jahr nach der Diagnose schickt der Onkel Onkologe mich zum ersten Staging, er hat es nicht eilig, er gehört noch zur alten Garde derer, die uns Metastasierte für verloren halten. Der Radiologe ist begeistert vom Schrumpfen der Metastasen, genannt Remission. Im Schnitt sind sie ein Drittel kleiner geworden und hätte ich das nur aus dem schriftlichen Bericht erfahren, wäre ich enttäuscht gewesen, ich habe ja gedacht, das ginge schneller. So viel zum Wert der persönlichen Ansprache.

In der Gynäkologie sind sie hocherfreut, normalerweise tauchen die Patientinnen bei ihnen erst wieder bei Verschlechterung auf, nur ich, weil ich immer noch frauenarztlos bin, komme zurück in die Ambulanz und so sehen sie mal einen Heilungs-Prozess. Dr. Rockabilly-Kotelette ultraschallt meine Brust und bewundert, wie akkurat ich die nur blind ertastbare Verkleinerung des Krebses mit meinen aus Nudeln und Wollfäden gebastelten Knoten, einer so groß wie zur Zeit der Entdeckung, der andere den damals aktuellen Status zeigend, ans Tageslicht geholt habe.

Dann zeigt er mir im Detail, wie die Lymphknoten nicht nur zurück auf Normalgröße schrumpfen, sondern wieder einen Saum bilden. Der Krebs erzeugt nicht nur Größenwachstum, er zerstört auch die Struktur der befallenen Gegenden, davon hatte ich zwar mal gelesen, aber das war nicht richtig eingesickert. Die Rückkehr eines Saumes – so ein schönes Wort für mich ambitionierte Nähmaschinenbenutzerin! – könnte nicht psychosomatischer sein. Es ist der gleiche Saum, der sich sukzessive um mich legt, und sowohl vor der Selbstauflösung in der Gefahr schützt als auch zusehends der Selbstbehauptung allgemein dient.

Teil III

Räume

Und was erzählt mir mein Tagebuch über diese Zeit? Mich jetzt wieder in diese Zeit einzulesen, ist eine große Freude der Wieder- und Neuentdeckung. Erst aus der Distanz kann ich die Entwicklungen sehen, die dort ihre Anfänge genommen haben. Aber der Reihe nach: Als erstes kamen die Träume von den altvertrauten Räumen.

Als ich klein war, gingen wir hin und wieder meine Patentante besuchen, in Pasing in der Nähe des Nymphenburger Kanals. Sie war eine alte Freundin meiner Mutter, woher sie sich kannten, weiß ich nicht, aber wahrscheinlich aus dem Dunstkreis der Familien, die die schweren, dunkelbraunen Möbel den hellen aus den Münchener Werkstätten vorzogen. Das Haus mit mehreren Wohnungen, eine von Tante Inge und ihrem Mann bewohnt, eine andere von ihren Eltern, lag zurückversetzt. Man konnte nicht vor dem Haus parken, sondern musste einen kleinen Gehweg zwischen anderen Häusern hindurchgehen.

Ich erinnere mich, dass einmal, als wir gerade ankamen, Tante Inges Vater den Schäferhund zurück in den Zwinger brachte, der neben dem Haus an eine Garage angelehnt war. Ihr Vater hatte etwas Ruhiges, Warmes an sich, aber auch eine distanzierte Autorität, so wie die Ärzte früher, unanfechtbar. Aber wie er da hinter dem Zwinger hervorkam, war er mir plötzlich ein bisschen unheimlich – und dass man den Hund wegsperrte, ließ auch das Tier bedrohlich erscheinen.

Das Treppenhaus war ungewöhnlich breit und die hohen Türen zu den Wohnungen aus weiß gestrichenem Holz hatten keine Schlösser, nur Klinken. Es waren also keine abgeschlossenen Wohnungen wie in Mietshäusern, sondern nur Wohnbereiche. Ich nahm diese Unterschiede als Kind eher atmosphärisch wahr, aber ich merkte es schon. Die Türe knarzte beim Öffnen, dann ging es in einen langen Flur und die zweite Türe rechts führte in den Essbereich eines großen Wohnzimmers, das l-förmig angelegt war.

Um in den Raum zu gelangen, musste man eine oder zwei Stufen nach unten gehen, auch das war mir ein großes, unlösbares Rätsel. Ich erinnere mich an ein großes Fenster, vor dem sich eine, wie eine eckige Wanne angelegte Fensterbank befand, in dunkelgrauem Stein. Sie stand voller Pflanzen. Das Fenster reichte weit nach unten, endete vielleicht einen halben Meter über dem Boden, so eine typische 60er-Jahre-Höhe, und ich meine mich an einen Bogenhanf zu erinnern, den es heute in meinem Dornröschenzimmer gibt. Und es gab die Orientteppiche, die mich zurückkoppeln an Dr. Sigismunds Therapiezimmer.

Diese Zimmer sind die Ur-Version der Räume, die mir in meinen nächtlichen Träumen immer wieder begegnen und die ich dann mit dem immergleichen „Ach, euch gibt es ja auch noch", begrüße. Sie variieren in ihrem Aussehen und ihrer Ausstattung, aber immer muss ich zwei Stufen hinabsteigen, um sie zu betreten, wie damals bei Tante Inge. Am deutlichsten vor Augen sind mir drei hintereinanderliegende Räume, vollgestellt mit antiken Stühlen, Vitrinen und Geschirr, wie bei Fairkauf, nur sortiert und wohnlich arrangiert. Ich freue mich über diese Räume, aber eine leise Sorge um das Übermaß an Mobiliar – als hätte ich nicht schon genug überzählige Möbel im Keller rumstehen – spielt mit.

Was an dem Traum von den Räumen anders war, als er in dieser Zeit wieder auftauchte, war, dass ich die kleine Steffi zu sehen bekam. Wie bei der Szene mit dem Krokodil bin ich erst das Kind, die in sich verstockte Blünsi-Variante, und stehe hinter einer Tür versteckt am Ende des Ganges im Dunklen, abseits von den Räumen, in denen die Gesellschaft sich befindet. Und dann stehe ich erwachsenes Ich an eben dieser Türe mit den zwei Stufen, blicke kurz zur Seite und sehe mich Kind dort stehen, still und verhalten schaut sie zu mir herüber.

In einer späteren Traumszene, schon gegen Ende der Psychoanalyse, hat sich das Haus verwandelt und ist nur noch an den rätselhaften Treppenstufen zu erkennen. Es ist jetzt eine Villa in Kusel, es gibt Musik statt erdrückender Stille und die Jugend hat sich zu mir gesellt:

Mir ist eingefallen, dass wir ja noch ein Haus haben und ich fahre nach Kusel, um nach dem Rechten zu sehen. Es ist schon dunkel und ich laufe den Park hinauf, der zur Villa führt, neben mir in der Wiese laufen drei junge Männer mit Bierflaschen in der Hand, einer raucht, sie unterhalten sich. Ich will sie fragen, was sie hier machen, erreiche sie aber irgendwie nicht.

Ich blicke nach oben zum Haus, es hat ein tiefgezogenes Dach mit lauter kleinen, ins Dach eingelassenen Fenstern, die fast ganz mit Kiefernnadeln bedeckt sind. Ich muss beim Weitergehen auf den Weg schauen, beim nächsten Blick nach oben kann ich das Haus kaum entdecken, nur eine Silhouette vor dem dunklen Himmel, der auch ein Hügel sein könnte. Erst beim nächsten Blick sehe ich die dunkelroten Fensterläden sich von der leuchtend hellgelben Fassade abhebend, die Villa in ihrer quadratischen Schönheit zwischen den Ästen aufblitzen.

Dann bin ich im Haus, ein Riesenraum mit vertäfelten Wänden und einem voluminösen Kronleuchter, überall junge Menschen, studentisch, die sich unterhalten, locker im Raum verteilt. Ich erwähne beiläufig, dass das mein Haus ist, müdes Interesse, das wissen alle und ist ja gut, dass ich mal vorbeischaue.

Dann entdecke ich, nach den ersten paar Stufen einer Treppe, einen Nebenraum, auch mit dunkel vertäfelten Wänden, die Einrichtung auf der Kippe zwischen möbliert und gestapelt. Ein kleines Tischchen mit zwei bis drei von meinen kleinen Schmuckbörsen aus bestickter chinesischer Seide, eine kleine hellgelbe Papiertüte mit einem altmodischen Goldarmband, das wohl die Vorbesitzer dagelassen haben. Über dem Kruscht ein paar Werbeblättchen – Thomas Philipps darunter, also hat Micha auch schon das Revier markiert.

In der Vertäfelung ist eine versteckte Schiebetüre zu einem geheimen Zimmer, das mich, kaum bin ich durch den Türrahmen getreten, mit großem Brimborium empfängt. Auf Jahrmarktgröße hochgepimpte mechanische Spieluhren, ein riesiger Clownskopf als Wackeldackel, ein Turm, an dem sich nummerierte Kugeln an Wollschnüren drehen und fliegen wie auf einem Kettenkarussell. Der Raum ist ansteigend und hat oben eine breite Glasfront, vor der sich weiteres Spielzeug gruppiert. Es ist lautes Getöse, Schellengeklepper, Beckengedöns, aber ich erschrecke nicht, es ist eine freudige Erinnerung an bekannte, vertraute Dinge, die vielleicht in der Größe ein bisschen aus dem Ruder gelaufen sind, aber ihr Gelärme ist unschuldige Wiedersehensfreude. Ich will das Spektakel den anderen zeigen und gehe zurück aus dem Raum, hinter mir fällt alles zurück in schweigendes Dunkel.

Ich sammle ein paar junge Frauen ein, achte darauf, dass es ihnen gefallen könnte (eine Vorsicht ähnlich der bei der Frage, wen ich mit meiner Tenorblockflöte beschallen könnte) und dann sitzen sie verteilt im dunklen, vom Sternenhimmel kaum beleuchteten Raum. Ein kleiner Moment, in dem ich zweifle, ob das Remmidemmi nochmal losgehen wird, da startet ein zartes, zauberhaftes Sternenglitzern im Raum, kleine leuchtende Saturnringe schweben herum und eine Musik setzt ein: Pan natürlich, die Oboe.

Ich gebe meinen magischen Geheimraum an die nächste Generation weiter, erkenne ich schluchzend auf meinem Camping-Analyse-Stuhl. Dann lenkt Dr. Sigismund mich um in seine Praxis (oder war ich es selbst? Egal) und ich komme mit dem Jungvolk, Piet und Max, und seine Freundin ist auch dabei, in seinen Raum, wir nehmen alle auf *seinem dunkelroten Orientteppich Platz, im Schneidersitz, heben ab und fliegen davon. Da bleibt er hocken, der Sigismund, in seinem knarzenden Weiden-Sessel und ich bin weg.*

Musik(-haus)

Beim Drüberlesen bin ich an einer Stelle in meinem Tagebuch hängengeblieben:

„Und dann nennt Dr. Brust die Erschöpfung ‚Fatigue'. Das erhebt sie in den Rang einer ernstzunehmenden Nebenwirkung oder eines Begleitsyndroms, hat aber durch den französischen Anklang auch so einen anderen Moment: Im dünnseidigen Morgenmantel in einer Pariser Altbauwohnung am geöffneten Balkon sitzen, der leichte Vorhang flattert in der Frühlingssonne und draußen rauscht der Verkehr, immer wieder mal ist die Fehlzündung eines roten Kasten-R4 zu hören. Die malerische Seite der Erschöpfung. Groß und sehr dünn und zartblass muss man dann aussehen. Fatigue, très chic!"

Was hier schmerzt, ist das alte Minderwertigkeitsgefühl, das durchscheint, exakt dasselbe, wie bei der Diagnosestellung der Depression. Ich fühle mich geehrt, dass auch mir solche bedeutungsschweren Diagnosen zustehen, dass die am Rand Stehende in den Kreis hineingebeten wird, schlussendlich.

Aber es freut mich an diesem Zitat, wie die Bilder leichter und luftiger werden und wie sich mit *Fatigue, très chic!* die Musik der Rhythmus einschleicht. Derselbe Doktor fand meine Versuche, mir Lymphangiosis car-ci-no-ma-to-sa zu merken, indem ich „ha-ku-na ma-ta-ta" dranhängte – ich kann es bis heute nicht

175

aussprechen, ohne das Anhängsel wenigstens mitzudenken – „melodisch".

Und da ist sie, noch ganz zart und leise, aber da fängt sie an, die Musik.

In der Thoraxklinik hatten sie mir für Atemübungen zur Dehnung meiner gefesselten Lunge (medizinische Begriffe können schmerzhaft anschaulich sein) ein kleines Plastikteil gegeben, das aussah wie ein Lungenstiel. Mir war sofort klar, dass die Optik und Haptik dieses Teils mich davon abhalten würden, es regelmäßig zu benutzen. Ich muss allerdings zugeben, dass es mich über die ersten rauchlosen Tage rettete, weil ich mich damit, wenn ich es nicht mehr aushielt, auf den Balkon stellte und durch dieses Ding im Wechsel einsog und auspustete, als wäre es eine meiner schönen fingergedrehten Zigaretten und so den schlimmsten Jieper abbauen konnte.

Für die Atemübungen kramte ich dann, als ich wieder zu Hause war, meine alte Blockflöten hervor. Eigentlich weiß ich gar nicht mehr genau, wo die beiden herkamen, eine war mit deutscher und die andere mit barocker Griffweise. Ich wusste, dass es einen Unterschied in der Art gibt, wie manche Töne gegriffen werden, kannte aber nicht einmal die Begriffe, die ich jetzt so selbstverständlich benutze.

Anfangs wagte ich mich nur ans Flöten, während das Badewasser einlief. Das dauerte bei unserem elendiglich verkalkten Wasserhahn damals etwa 20 Minuten und in dieser Zeit konnte mich dann keiner hören. Die Lieder, die ich spielen wollte, suchte ich mir aus den Notenbüchlein der kunter-bund-edition heraus, Liederkiste, Liederkorb, Liedercircus oder wie sie alle hießen. Die hatte ich noch aus den Zeiten, in denen ich meine Ferien in Taizé verbrachte und die Lieder mitsingen wollte, die dort abends geklampft wurden.

Ich erinnere mich, dass ich mir nach Wochen ein Herz fasste und mit der Flöte ins Wohnzimmer ging, um meinem Mann die verschiedenen Griffweisen des „F" vorzuspielen, da mich die Ahnung beschlichen hatte, dass man es doch nicht einfach auf der einen Flöte genauso wie auf der anderen greifen könnte. Ich hatte angefangen, einen Unterschied wahrzunehmen, konnte ihn aber nicht richtig fassen. Er fand auch, dass das „F" auf der barocken Flöte besser klang, wenn man es griff, wie es für eine barocke Flöte vorgesehen war. Eine erste Einsicht.

Im Laufe der Wochen stieg der Mut und ich wollte mir dann zur Steigerung der Motivation doch diese Flöte holen, über die ich mal mit musikalisch bewanderten Kollegen gesprochen hatte. Die Flöte, die man im Gegensatz zur Altflöte genauso greifen konnte wie die Schulblockflöte, die aber tiefer, also schöner klang. Ich ging zusammen mit Piet los in die Stadt in ein kleines Musikgeschäft, alteingesessen nennt man das wohl. Dort stand ich vor einem eher desinteressierten Verkäufer, dessen Begeisterung auch nicht wuchs, als ich nach einer Blockflöte fragte, die man greifen könnte wie eine Schulblockflöte, die aber größer sei, eine Sopran? Abschätzig sagte er nur:

„Tenor", drehte sich um, öffnete hinter sich im Regalschrank eine Schublade und zog das letzte sich dort befindende Instrument heraus, verpackt in eine bräunliche Stoffhülle, die nach Vorkriegszeit aussah. Er legte es mir hin und sagte: „So eine." Ich durfte sie mir anschauen, sie aber nicht zusammensetzen oder ausprobieren – das hatte ich schon gelesen, dass da manche empfindlich wären.

Ich fragte nach dem Preis, „180 Euro", sagte er. Piet hatte sich schon leise an die Türe zurückgezogen, um der unangenehmen Situation zu entgehen. Aber wenn ich jetzt nicht diese Flöte kaufen würde, das spürte ich, würde es nix werden mit dem weiteren Musizieren, es war ein Jetzt-oder-nie-Moment. „Die nehme ich." Er nahm sie wieder in die Hand, drehte die Hülle um, entdeckte noch einen Preiszettel und korrigierte sich: „Ach ne, 188 Euro." In Wirklichkeit wollte er sie mir nicht verkaufen und dann konnte ich nicht einmal mit Karte zahlen und musste noch den beschwerlichen Weg zur Bank und wieder zurück auf mich nehmen. Aber wie gesagt, es gab kein Zurück.

Radeln mit Flügeln

Die Räume weiten und wandeln sich, die Töne fangen an zu klingen, jetzt fehlt eigentlich nur noch das Radeln, oder?

Ich sitze auf dem Boden in der Küche in den offenen Flügeln der Terrassentüre: Der Hintern in der Küche, die Füße draußen auf den Holzbohlen der Terrasse. So wie ich früher als Teenager gerne gesessen bin. Vor mir ein Fußabstreifer, auf dem einer meiner Perlohrringe liegt. Ich könnte einen verlorenen Schatz gefunden haben, entweder den unechten passenden Ohrring oder die echte Perle, dich ich nicht trage, weil sie nicht gut sitzt.

Die Deutung ist mir wieder ganz simpel und Dr. Sigismund gibt mir die Wahl zwischen „Gans" und „Simpel". Schon sehe ich eine Gans vorm Teich spazieren. Sie frisst die Algen-Platscharis, die ich gestern aus dem Teich rausgefischt habe. Dann watschelt sie zur Steintreppe, die am Haus vorbei runter in den Hof führt, dreht immer wieder den Kopf, fordert mich auf, ihr zu folgen wie mein Kater, wenn er mich die Treppe runterlockt, damit ich ihm die Terrassentüre öffne zur Mäusejagd.

Ich folge der Gans, die, wenn sie nicht Dr. Sigismund selbst ist, wenigstens ihm gehört, und es endet damit, dass ich ratlos mit ihr im Hof zwischen dem Traktor, den Anhängern und anderem Gerümpel herumstehe. Ich drehe mich mit der Gans im Kreis, bis mein schönes KTM-Fahrrad in mein Gesichtsfeld rückt. Na dann! Erst setze ich die Gans – vielleicht ist sie eher ein schön bunt schimmernder Enterich? – in den Korb auf dem Gepäckträger, aber da kann sie ja nix sehen. Also Umzug nach vorne in den Korb an der Lenkstange, mit einem bequemen Kissen ausgepolstert. Dann bin ich auf einer Fahrradtour – ähnlich wie mein alleiniger Ausflug nach Altenglan kurz zuvor, nur radle ich wieder auf den Wegen meiner Kindheit im Münchner Westen zwischen Aubinger Lohe und Autobahnsee. Die Entengans und ich fahren an einem Bahndamm entlang, zur Linken ein mit Gräsern und Wildblumen durchsetztes Weizenfeld, dahinter ein dunkler Tannenwald. Rechts geht eine Unterführung ab, feucht, dunkel und moosig, auf die andere Seite der Bahn, ich bin schon halb drin, da überlegen wir's uns anders und radeln erst am Feld, dann am Wald entlang, bis wir mitten durch ein üppig blühendes Sonnenblumenfeld fahren zu ebenso sonniger, leicht klingender Hippie-Musik.

Wie Alexandre, der Lebenskünstler, in meines Vaters Lieblingsfilm. Oder wie ich, damals mit Karin, als wir in den Pfingstferien einfach am Obermenzinger Autobahnkreisel lostrampten und irgendwo zwischen Augsburg und Dinkelsbühl querfeldein losliefen. Ich erinnere mich an den Bach, in den ich mit einem Fuß reinrutschte und deswegen von da an mit einem nassen und einem trockenen Turnschuh weiterlaufen musste. Wir liefen lange durch einen dunkelgrünen Tannenwald, wähnten uns schon verloren und kamen dann plötzlich an eine Lichtung, die eingetaucht war in das strahlende Goldgelb eines Rapsfeldes.

Ich bin in unaussprechlicher Tiefe ergriffen von der Schönheit dieser Szene und weine die allertiefsten Tränen der Erlösung. „Hm, die Stunde ist vorbei, Frau Bacher.", „Das war eine sehr schöne Fahrradtour, Herr Sigismund." „Ja, jetzt ist sie leider zu Ende, jedenfalls für uns gemeinsam."

Die erwachsene, heutige Steffi bekommt ein E-Bike und auf meiner ersten Rundfahrt über die Hügel, die das Glantal einrahmen, merke ich bei einer flotten Abfahrt, dass die Lenkstange locker ist. Ich fahre vorsichtig weiter, vielleicht bilde ich es mir nur ein? Dann unterbreche ich doch meine Fahrt und probiere es im Stehen aus und sie ist wirklich locker.

Vorsichtig fahre ich nach Lauterecken, nur um festzustellen, dass auf dem Land die Baumärkte am Samstag um 14 Uhr schon das Wochenende eingeläutet haben. Dort bekomme ich kein Werkzeug mehr, um meine Lenkstange doch noch in sichere Gefilde zurückzuführen. Ratlos stehe ich da und schaue mich um.

Da stehen zwei Fischer-E-Bikes geparkt an der Straßenlaterne und kurz darauf kommt auch ein älterer Herr (mindestens fünf Jahre mehr aufm Buckel als ich!), der sieht so wohlorganisiert aus, der hat Werkzeug dabei, da bin ich mir sicher. Mehr noch, er freut sich sichtlich, dass sein schönes Inbus-Set endlich mal nützlich sein kann, und hilft mir freudig, der Lenkstange die benötigte Festigkeit zu verleihen. Dabei unterhalten wir uns und wie bei fast allen Menschen, mit denen ich ins Gespräch komme, überfalle ich auch ihn mit meiner Krankheitsgeschichte. Er bleibt ungewöhnlich ruhig, die meisten kann ich innerlich weghüpfen sehen, wenn ich „metastasierter Brustkrebs" sage.

Er zeigt auf mein nun verkehrssicheres Rad und sagt: „Das hilft ihnen, wieder ganz gesund zu werden." Als ob das ginge, denke ich und gleichzeitig: Das ist ein Doktor. In der darauffolgenden Nacht trägt er im Traum dann den weißen Arztkittel und es wachsen ihm Engelsflügel, als könne er mit seinen Worten wirklich eine Heilung herbeiwehen. Ich möchte diese Flügel malen und als ich sie aufs Aquarellpapier gebannt habe – mit Silberfarbe dekoriert, damit sie sich vom Papier überhaupt ein bisschen abheben –, fehlt ihnen die Mitte. Dort möchte der Schaschlik-Spieß hinein, ebenso glitzernd.

So erweitert das Malen meine Traumszenen und neue Bilder entstehen, während ich noch damit beschäftigt bin, das Geschehene aufs Papier zu bringen. Die Gewalt einer Schreckens-Szene wird in eine glitzernde Stütze umgeformt. „Sind das richtige Flügel oder Lungenflügel?" fragt mein Mann, als er das Bild sieht, und so fügt sich eine weitere Dimension dazu, die körperliche. Auch meine dunkle Moder-Lunge wird weiß und glänzend.

Jetzt, am Ende des Schreibens, wo das Buch schon mit einem Bein in der Luft steht (und sie wird es tragen, das hat mir Hilde Domin schon mehrfach versprochen), um sich auf den Weg in die Öffentlichkeit zu begeben, begegnet mir der Schaschlik-Spieß ein drittes und vielleicht letztes Mal. Die beste Freundin von allen hat mein Werk für gut befunden, der Cover-Entwurf steht schon, und ich liege morgens im Bett, schwanke zwischen Aufstehen oder doch noch mal Einkuscheln, als es an meinen Schulterblättern zu ruckeln anfängt und mir Flügel wachsen. Ernsthaft! Schwere, große Flügel mit nicht ganz weißen Federn und einem dicken Gelenk, die mich großes Weib wirklich tragen könnten.

Zwei Tage später liege ich bei der Osteopathin in Lauterecken auf der Liege, nach Prana-Heilung und Shiatsu-Massage nun die dritte in der Reihe esoterisch angehauchter Methoden der direkten Kommunikation mit meinem Körper. Es entstehen wieder die Bilder, die ich der Psychoanalyse vorbehalten wollte, und wieder beeindruckt das die Bilder nicht.

Die Osteopathin umfasst meinen Kopf, der sich nun wie ein im Nest geborgenes Osterei anfühlt, und bringt damit meine Sinusitis in der Kiefernhöhle zum Knistern. Der Schaschlik-Spieß müsste sich doch irgendwie aus meinem Kopf entfernen lassen, denke ich. Aber das geht ja nicht, weil das starre Metall mich verletzen würde. Da verwandelt es sich in den Drainageschlauch aus der Thorax-Klinik und kann so ganz leicht herausflutschen. Die drei kleinen Löchlein am Ende, durch die das Pleurawasser aufgesaugt werden sollte, hat er noch und ein bisschen wässriger Schleim ist auch dabei. Er flutscht an meine Wirbelsäule und wird dort mit Tackerklammern festgemacht – ohne ein bisschen Brutalität scheint es nicht zu gehen – und kann von jetzt an meinen Rücken beim wiedergefundenen aufrechten Gang stützen. Und weil es ein dehnbares Plastikschläuchlein ist, bleibt mir meine Beweglichkeit erhalten.

Mali Lošinj und Aufbruch

Autogenes Training war das Erste, was ich in Angriff genommen hatte, nachdem die Depression mich aus meinem Leben geschmissen hatte. Das fand in Mannheim in einer nahegelegenen Schule statt – in einer Brennpunktschule natürlich. Dort gab es einen wunderbar runden Raum, mein durch die Depression geschrumpfter Radius reichte bis dorthin und ich konnte der Krankenkasse beweisen, dass ich brav an meiner Heilung arbeitete.

Ich erinnere mich, dass ich daran scheiterte, aus meinem Sonnengeflecht Wärme strömen zu lassen, weil schon bei dem leisesten Gedanken daran sich mein Solarplexus – ja, das ist das Gleiche, obwohl das eine nach Esoterik, das andere nach Boxkampf klingt – zusammenknüllte wie ein zu eng gewickeltes Wollknäuel. Wenn ich jetzt aus heutiger Warte dorthin spüre, strahlt es, auch ein schönes Zeichen für Heilung.

Als bedeutender jedoch stellte sich eine der späteren Übungen heraus, bei der wir uns einen schönen Ort vorstellen sollten und ich in Kroatien landete, in der Bucht kurz vor Veli Lošinj. Diese Szenerie wurde im Laufe der Monate immer intensiver und ich kann dort heute auf Anhieb spazieren gehen, wenn ich nur „autogenes Training" denke, es ist zu einem Kernort geworden.

Diese Bucht ist in doppeltem Sinn historisch. Ich war dort als Kind gewesen. Mit meiner Schwester und meinen Eltern verbrachten wir den gesamten

Urlaub dort, Eva Schwesterherz und ich vorwiegend mit Schnorchel und Flossen ausgestattet im Wasser, meine Mutter saß mit einem überdimensionierten Sonnenhut auf der Luftmatratze und las. Wir trieben auf dem Wasser und bestaunten die unzähligen Fische, Seesterne und auch die Seeigel, die, deren Stacheln uns die unsäglichen Hornperlen bescherten. Ich war damals zwölf Jahre alt und ich kehrte in diese Bucht mit Micha und Piet zurück, als der Sohn zwölf Jahre alt war. Ich werde nie den Moment vergessen, als er, der der mütterlichen Begeisterung mit leisem Zögern begegnet war, von der ersten Durchquerung der Bucht mit Taucherbrille und Schnorchel den Kopf aus dem Wasser streckte und komplett geflasht war. So wurde diese Bucht für zwei Zwölfjährige zu einem wundersamen Ort, über die Jahrzehnte reichen wir hinüber.

Es gibt auch eine Traumszene, die in Kroatien spielt, genauer auf dem Weg zu dieser Insel:

Dann sind wir plötzlich an der Fähre nach Cres, die Jungs mit Micha im Auto oder sonst wo wohlgeborgen, Eva Schwesterherz ist schon auf der Fähre und ich schultere den Tragerucksack mit meiner Tochter drin. Ich, in kurzen Hosen, lange, braungebrannte Beine in Wandersandalen, mache mich an der Autoschlange vorbei auf den Weg, will wohl Istrien erkunden. So ein Gefühl wie nach zwei Wochen Rucksackurlaub, kräftig, sonnenverbrannt und ans Abenteuer gewöhnt. Da ist ein Vertrauen, das man in sich und das Leben entwickelt beim Unterwegssein in kürzester Zeit. Zum Heulen schön. Ich weiß meine Jungs gut ver-

sorgt, lasse Eva hinter mir und kann das Abenteuer begin-
nen und es ist natürlich die Reise zu mir selbst. – Und mein
jüngeres, heiles Ich dabei.

Als ich – noch einmal Jahre später – eine Reise in
die Normandie und Bretagne plane, mit dem VW-
Camper, dem altersgerechten Äquivalent zu den
Rucksacktouren meiner Jugend, ist es diese Szene,
die mir in meiner zaudernden Ängstlichkeit den ent-
scheidenden Ruck gibt, den alleinigen Aufbruch zu
wagen.

Der Zylinder
oder das gute Ende der Therapie

Immer wenn das Wetter es zuließ, radelte ich zu Dr. Sigismund. Ich hatte mir dafür sogar einen großzügigen Regenponcho zugelegt, weil die Fahrt mit dem Fahrrad im Laufe der Zeit begann, ein Teil der Therapie zu werden. Ich kann im Geiste die Route abfahren, sehe mich an der Ampel am alten Messplatz stehen, am Collini-Center vorbeiradeln, dann am Werkhaus vorbei durch diese idyllische Straße mit dem Café, in dem ich nie gewesen bin. Dort saß bei fast jedem Wetter ein alter Mann mit seinem Stühlchen an einer Hausmauer, der stets freundlich grüßte.

Über den verbotenen Parkplatz vom Nationaltheater fuhr ich anfangs noch, aber dann wollte ich der Angst vor dem Erwischt-werden ausweichen und machte einen braven Bogen darum. Den Stich durch, am Asiatischen Supermarkt und am Rosengarten vorbei zum Friedrichsplatz. Ich umkreiste den Wasserturm, wenn Weihnachtsmarkt war und einmal auch, als gerade die Karussells für den Fastnachtsmarkt aufgebaut wurden. Dann noch vorbei an der Kunsthalle, bald hatte ich alle Mannheimer Sehenswürdigkeiten abgeklappert.

Der Treppenaufgang zum alten Teil der Kunsthalle ist ja historisch, dort gestand ich meinem Doktorvater, dass ich bei der Firma arbeiten gehen würde und ich deshalb die Doktorarbeit nicht vollenden würde. „Können Sie nicht halbtags arbeiten gehen, Frau

Bacher?" „Nein, das geht nicht." „Das habt ihr jetzt von der Emanzipation." Unvergessen!

Ich war oft ein paar Minuten zu früh zum Termin und trieb mich dann am Platz vor der Praxis herum, vor der Krebsdiagnose noch rauchend, später dann sehnlichst das Ritual vermissend und irgendwann dann einfach Umschau haltend. Irgendwann wusste ich, wie Dr. Sigismunds Fahrrad aussah, und konnte dann erkennen, ob er schon da war oder erst daher geradelt kommen würde.

Das Ende der Therapie war durch die Vorgabe der Krankenkasse bestimmt, die nicht mehr als 300 Stunden Therapie bezahlt, auch im Falle einer Psychoanalyse, die allein durch das Setting von drei bis vier Stunden pro Woche einen hohen Verschleiß an Stunden aufweist. Ich hätte natürlich weitere Stunden nehmen können und sie selbst bezahlen, wollte aber diesen von außen gesetzten Termin als die Grenze nehmen, die ich selbst zu setzen mich nicht in der Lage sah. So schleicht sich der Therapeut selbst in meine Traumszenen ein, während ich an der Oberfläche damit beschäftigt bin, in und ums Elternhaus herum zu kreisen – falls „Oberfläche" überhaupt für diese Szenen aus den sprachlosen Tiefen verwendet werden kann.

*

Ich war auf dem Weg zu Dr. Sigismund und schon die Strecke war an diesem Tag mit kleinen, wundersamen Szenen gespickt, als würden sie mich in die Tiefe führen wollen. Kaum war ich mit meinem Radl auf die Straße eingebogen, die parallel zum Neckar führt, sah ich im Augenwinkel am Straßenrand zwei Krähen, die ein gerade überfahrenes Eichhörnchen zerpflückten.

Später kam ich an einem Paar Schuhe vorbei, die ordentlich nebeneinander auf der Straße neben einem geparktem Auto standen, als wäre die Fahrertüre der Eingang ins Hotelzimmer. Es lag aber niemand drin.

Vor der Kunsthalle saß einer auf dem Bänkchen und klimperte ein bisschen auf seiner Gitarre, und auf dem Rückweg am Neckaraufgang wieder einer. Oder hatte er in der Zwischenzeit seinen Platz gewechselt und begleitete mich quasi auf meinem Heimweg? Falls ich mal nicht mehr genug fremdartige Bilder produzieren würde, dachte ich, bräuchte ich nur vor die Tür zu gehen, da lägen sie direkt auf der Straße.

Kaum liege ich dann auf Doktor Sigismunds Couch, zieht es mich zurück in die alte Heimat und die Bilder steigen endgültig dort auf, wo sie schon immer hingehört haben, über seinem dunkelroten Orientteppich:

Es läutet an der Haustüre. Micha und ich waren eben dabei, an der Holzdecke im Wohnzimmer an irgendwelchen Bohrlöchern herumzuschleifen, ich gehe zur Türe, um sie zu öffnen, es ist die Münchner Türe. Da steht eine Frau – Zeugin Jehova oder so? – und wirft ein Netz über mich, schwarzes Plastik, wie ein Zwiebelnetz in Trauer. Ich rea-

giere in Sekundenschnelle – wenn ich mich nicht verhake, kann ich es abstreifen – und jetzt ist es doch eine Hexe. Das Netz schrumpft, am Ende liegt es auf meinem Kopf wie eine Haarspange, nur ohne Spange.

Da steht Dr. Sigismund an der Türe, in gewohnter Vermeidung aller Privatheit will er nicht über die Schwelle treten und beugt sich übers hellgelbe Linoleum, um mir die Karte mit meinem Aquarell seines Affen-Gürteltier-Flügel-Fabelwesens zurückzugeben, diese Grenze des Austauschs greifbarer Dinge darf nicht überschritten werden.

Ich will die Karte, plötzlich DINA3 groß, entgegennehmen, aber die Hexe stört mich, schräg hinter mir ist Micha, was jetzt zuerst? Da wandelt sich Dr. Sigismund in einen Raben und kann jetzt über die Schwelle (vorher war er als Mensch noch ganz winzig klein). Er hat die Karte im Schnabel, ich nehme sie ihm ab und er stupft mich an, direkt unterm Schlüsselbein, die Stelle, an der die Krebsmädels den Port sitzen haben. Er will mir etwas mitteilen, mich auf etwas stoßen, und ich versteh's nicht. Ich weiß nicht, was machen, in der Essecke stehen die Torten und Kuchen, auf der Terrasse ist alles gedeckt, der Geburtstag kann losgehen, die Gäste können kommen – und ich steh' da und habe einen überdimensionierten Raben an der Backe. Da verwandle ich mich auch in einen Raben und stupfe zurück, da schnäbeln wir ein bisschen und dann ist Frieden. Anscheinend ist's jetzt gut.

Dann kommt ein winziges Eisenbahnwägelchen, so eines wie auf der Mannemer Mess mit zwei Waggons, auf jedem ein Plastikaufbewahrungsteil mit vier Fächern – meine Kästchen und Schächtelchen sind überall. Aus einem steigt eine Frau, dunkelhaarig, weich, ruhig. Sie könnte meine

Mutter sein, wenn sie nicht so ruhig und weich und warm wäre.

„Vielleicht die Mutter, die Sie sich gewünscht hätten, Frau Bacher?", fragt Dr. Sigismund leise.

Keine Rabenmutter mehr nötig, wenn ich echte Raben haben kann.

Es dauert nicht lange, da wachsen mir selbst auf seiner Couch die Rabenflügel und ich sehe mich auf dem Geländer seines Mini-Balkons sitzen, eine Kralle besitzergreifend auf einer der goldenen Kugeln, die die Ecken des Balkongeländers dekorieren. Von dort aus könnte ich dann wegfliegen, aber es ist noch zu früh.

Die Tiefenszenen geben sich jetzt die Klinke in die Hand, schon kurz darauf tauche ich wieder ab:

Und dann sitze ich in seiner Praxis hinter der Türe im Schneidersitz auf dem staubigen Boden, im Rücken stört mich der Regenschirmständer und draußen vor der Balkontür stolziert der Rabe krächzend hin und her und macht Krach. Krächze-Krach. Der Rabe, der gestern noch ich war, bereit zum Abflug weg von der Therapie zu neuen Ufern, neuen Prärien, der stolziert jetzt vor der Türe herum, will unbedingt gesehen werden, aber genau das darf um Himmels Willen nicht bemerkt werden.

Ganz leise sagt Dr. Sigismund: „Da gibt es noch jemanden mit Regenschirm", und da steigt sie auf, die Melodie, die ich immer wieder auf dem Weg in die Badewanne vor mich hin summe: Chim chiminey, chim chiminey, chim chim cher-ee.

Mary Poppins! Einer der wenigen Filme meiner Kindheit, an den ich mich wirklich erinnere und mittlerweile habe ich sogar das Kinderbuch dazu wiedergefunden, angeblich von einem Walt Disney geschrieben. Nach der Sitzung habe ich zu Hause in meiner Ecke den Film gesucht und den Straßenkünstler quietschvergnügt durch die Straßen singend tanzen gesehen, an jeder Seite ein begeistertes Kind, links ein Mädchen, rechts ein Junge und ich bin mittendrin. Die ganze Kindheit öffnet sich mit einem Jauchzen.

Im Jahr zuvor in der Zeit zwischen Weihnachten und Neujahr – auch ein Zwischenreich! – hatte es den alten Film sogar im Fernsehen gegeben und ich war gebannt im Sessel gesessen, als die Schornsteinfeger in gewagten Sprüngen über die Dächer tanzten und sprangen. Es waren wohl die von London, aber ich sah trotzdem den Eiffelturm im Hintergrund. So trafen sich Disney-Filmszenen mit meinem an ein Pariser Dach gefesselten Kerl aus dem Zwischenreich.

Und dann regt sich Herr Sigismund in seiner Ecke, das fragile Spiel aus Drähten, Schnüren und fliegenden Kissen, das ich auf der Quadratur seines Orientteppichs aufgebaut habe, liegt da wie ein am Abend verlassenes Spiel, über das in der Zwischenzeit eine Katze gejagt ist. Es ist ihm nicht mehr im Weg, er kann zu mir reichen. Weiß gekleidet ist er und er reicht mir die Hand, hilft mir aufzustehen, hilft mir raus aus der staubigen Ecke.

Zu dieser Szene gibt es eine wunderschöne Entsprechung aus dem Zwischenreich der Kindheit.

Es ist ein Familienfest und viele Leute halten sich im Garten auf, in kleineren Grüppchen. Ich habe mich in einer Ecke in der Hütte versteckt und höre sie reden und lachen. Ich kauere mich auf die Erde, meine nackigen Beine sind grau vom trockenen Staub, ich trage eine kurze Lederhose, die aber nicht so chic ist wie die vom fünfjährigen Jungen im glänzenden Hellblau, sondern ganz normales braunes, abgewetztes Leder. Meine Etepetete-Tante Sissy stöbert mich dort auf und setzt mich ins Wohnzimmer an den Kindertisch. Ich bin umgeben von einer Staubwolke wie Pig Pen von den Peanuts, aber das macht nichts, ich bekomme trotzdem ein Stück von meinem Lieblingskuchen, Himbeer-Nuss-Torte.

Meine Versteck-Versuche hinter Vatis oder Omas Rücken funktionierten gar nicht, ich war das Kind, das sich die Augen zuhielt und dachte, dass es dann auch nicht gesehen werden könnte. Ich wurde doch gesehen, zum Beispiel von der Verwandtschaft auf den sonntäglichen Besuchen.

Da stehe ich, kann mir den Staub aus den Kleidern schütteln. Diese Szene enthält es komplett: Der Rabe hilft der vollkommen zerstörten, in einer verstaubten Ecke Verkrochenen auf die Beine und aus der Ecke – weil genau das kann ich nicht allein – aber stehen, stehen kann ich dann allein und dann bestaunen wir gemeinsam einen filigranen Mini-Raben, den ich in der Hand halte, auf ein ebenso kleines rosa Kissen mit schlecht vernähter Goldborte gebettet.

Und am nächsten Tag ist mein Sequel-Kater mit dabei in Dr. Sigismunds Praxisräumen. Erst stolziert er mit erhobenem Schwanz über den magischen Teppich, dann wagt er sich zum dunkelblauen Sigismund, der ihm freundlich die Hand hinhält. Die wird beschnuppert und dann angestupst. Nett und zugewandt ist er, der Sigismund, dem Kater gegenüber, obwohl ich die Sorge gehabt hatte, dass es sich eigentlich nicht gehören würde, Haustiere zur Psychoanalyse mitzubringen. Am nächsten Tag hat er ihm einen der Weiden-Stühle hingestellt und da liegt der Kater eingerollt in der Ecke an der Balkontüre, friedlich schlafend an seinem Platz. Ich kann noch bleiben.

Aber heute, heute steht er dann auf halber Treppe abwärts und wartet, dass ich nachkomme und ihn unten rauslasse. Ich will aber noch nicht gehen, ich bin noch nicht so weit, das ganze Viechzeug hält mich von dem ab, was ich dem Sigismund noch zu sagen habe.

Ich lass den Kater raus, der setzt sich beim rumänischen Clan-Schlüsseldienst an die automatische Schiebetüre und ich gehe zurück zur Couch. All diese Bilder und Szenen und Raben und Katzen sind ja auch Dolmetscher des Unbewussten, aber jetzt muss ich zum Abschied doch noch ans Aufrechte, Direkte, Umweglose ran. Die Liste der neuen wunderschönen Steffi-Symptome, dich ich ihm verschwiegen hatte, weil sie sich wie schale Verteidigungsargumente der Analyse-Beendigung anhören, wollen jetzt erzählt wer-

den, weil er ein Recht darauf hat, zu wissen, wie gut die Analyse bei mir gelingt.

Eine Woche später auf dem Weg zu Dr. Sigismund denk ich noch, ich hätte keine Lust mehr auf das ganze Getier, auf die Miniaturraben, und mein Kater hat in der Praxis auch nichts zu suchen und dann beginnt die Sitzung und ich sehe meinen Sequel-Tiger wie eine edle ägyptische Katze an der automatischen Schlüsseldienst-Tür sitzen, die sich für ihn nicht öffnet. Aber er führt mich damit dorthin. Für mich großen Menschen öffnet sich die Tür und mit den Schlüsseln, die ich jetzt mit Recht zurückverlange, sie sind nämlich meine, auch wenn er mir dafür ein paar läppische Papierscheine zurückgegeben hat, mit den Schlüsseln kann ich auf der rechten Seite um den Tresen rum und die Tür öffnen zu Sigismunds lichtem Treppenhaus. Wozu ist mir ein Rätsel, ich könnte ja auch an der Haustüre läuten, auf das Schnarren des holprigen Türöffners warten und ohne den Umweg über den Schlüsseldienst direkt zu ihm gelangen. Aber der Weg vorbei an den schweigsamen, Zerberus-anmutenden, dunkel maskierten Schlüsseldienstmännern macht die Sache natürlich interessanter. Schon das zweite Mal höre ich, wie sich Dr. Sigismund das Prusten bei Erwähnung des Schlüsseldienstes kaum verkneifen kann.

Und dann wandelt sich der Schlüsseldienst zurück in Opa Gustls Pantoffelgeschäft. Eva und ich spielen mit den Stricknadelschonern und fabrizieren ein bisschen Unordnung in den schönen goldbraunen Schubladen und werden von Vati dabei erwischt. Doch anstatt seines bösen Schweigens löst sich auch diese Szene in Theaterluft auf. Es war nur eine Inszenierung (für wen?) und wir lachen zu dritt *und nehmen den Kunden, der hereingebimmelt kommt, in unsere heitere Runde mit auf.*

Am Tag zuvor hatte der Sequel-Kater sich in eine Kater-Mikesch-Marionette verwandelt und als ich nicht ausmachen konnte, ob ich oder Dr. Sigismund jetzt die Fäden in die Hand nehmen sollte, lag er samt Fäden und Stückchen auf dem Haufen, den ich noch übrig hatte auf dem wunderroten Teppich. Das waren die Reste der Quadratkästchen, die in verschiedensten kaum erinnerbaren Alpträumen Werkzeuge meines Gequält-werdens gewesen waren. Mal still und bürokratisch, mal mit verletzungsdrohendem Drahtgestänge. Und auch da wurden die ganzen magischen Tiergestalten zu Theaterfiguren nach der Aufführung. Ich brauchte sie nicht mehr.

*

Die letzten Sitzungen waren geprägt von einem sich beschleunigenden Zieleinlauf mit einer langen Stadionrunde am Ende des Marathons. Nur war das Stadion ein schillerndes Zirkusrund.

Kurz vor der Sitzung sehe ich meinen Dr. Sigismund vor mir, wie er in einem Overall aus bunt glänzenden Streifen mit Pluderhosen im Schneidersitz auf der Ecke seines Teppichs sitzt, bereit loszufliegen, wenn die Therapie vorbei ist. Aber bis dahin?

Ich erzähle ihm das und prompt sehe ich ihn die Trommel schlagend in eine Manege einlaufen, hinter sich die Schar der Artisten, die sich fürs Finale der Analyse noch einmal im Rund versammeln. Oben spielt das Orchester mit

*einer vordringlichen Trompete, daneben könnte mein Platz
sein, mit Schwung das Saxophon trötend. Aber erst muss
ich meinen Platz finden in Sigismunds Patientinnen-
Schlange, da bin ich auch, vor mir eine schöne, schwarze,
schlanke Frau in glänzender Lack-Montur und silbrigem
Glitzer. Die hat die Pferde-Nummer gemacht, denke ich
mir, wunderschöne stolze Friesen-Rappen mit langen, fein-
fliegend gebürsteten Mähnen. Nein, erst noch muss ich von
der Schaukel runterkommen, auf der ich sitze und mir das
von oben anschaue, links ans Seil gelehnt, die Beine an den
Knöcheln verhakt. Das bunte Gewand und pompöse Ge-
trommel steht dem Sigismund nicht und da zieht er sich
zurück an die Geländerstange, die uns Artistenvolk vom
Publikum trennt, stützt sich lässig drauf und trägt jetzt des
Zirkusdirektors Kluft mit schwarzem Smoking und einem
Zylinder. Da ist er, der „Chapeau", der Hut, den die beste
Freundin von allen vor ihm gezogen hat.*

*Und ich setze mich im Schneidersitz in die Sägespäne,
spiele gedankenverloren mit den Fingern drin herum, war-
tend auf die beiden, mit denen ich das Kleeblatt vollenden
kann. Wer kann das sein? Meine Mutter und meine
Schwester – natürlich. Aber es ist die ruhige, schwarz-
freundliche Mutter, die sich in letzter Zeit gerne in meinem
Zwischenreich herumtreibt, und Eva ziert sich, will bei „so
einem Quatsch" nicht mitmachen und setzt sich dann doch
dazu. Das bin ich, ich, die Schwester, die Frau, die auch
mal sticheln kann, und ich, die Mutter. Das Kleeblatt wandelt sich in ein hellblaues Aufblas-Planschbecken, wir sitzen
drin und es fängt an, zu schweben.*

*Wir drei nehmen uns bei den Armen und bilden einen
Ring, der uns sichert. Jetzt verwandelt sich das Becken in*

eine, nur an einem Haken aufgehängte, Hängematte und ich bin allein übrig, schwinge in einem weiten Kreis fast übers Publikum hinweg.

Jedes Mal, wenn ich bei Sigismund vorbeikomme, muss ich die Füße anheben oder wegdrehen, damit ich ihm nicht den Zylinder vom Kopf wehe. Die Hängematte verwandelt sich im Schwung in das schöne große Kettenkarussell auf der Mess und ich genieße den Flug ohne Angst, dass die Ketten reißen könnten. Ich hätte den Sigismund gerne dabei im Karussell, ob er das macht? Da sehe ich ihn schon, schräg hinter mir, eine Bahn weiter außen wedelt er vergnügt mit seinem Zylinder, den er in der Hand hält, damit der Wind ihm um den Kopf wehen kann.

Dann ist die Sitzung zu Ende und als er die Laptop-Kamera anschaltet, damit ich ihn zum Verabschieden sehen kann, muss ich mich doch kurz versichern, dass er nicht in Wirklichkeit einen Chapeau aufhat.

*

Die Zirkusszenen erinnerten mich alte Kunsthistorikerin natürlich an Max Beckmann, und dann an ein Zitat, das mir schon aus studentischen Zeiten in Erinnerung geblieben war:

„Wenn man dies alles – den ganzen Krieg, oder auch das ganze Leben – nur als eine Szene im Theater der Unendlichkeit auffasst, ist vieles leichter zu ertragen."

Das ist die Abspaltung, das sich selbst aus dem eigenen Leben rausziehen und sich an den Rand stellen als Beobachter. Das, was mein Vater gemacht hat, als er durch die heimatliche, brennende Schwanthalerstraße lief; das, was ich tat, wenn ich Zeuge wurde, wie eine jammernde Frau mit von Stacheldraht bis aufs Fleisch aufgerissenem Arm dalag. Wenn ich abgespalten habe und danach dann abgespalten bin, spüre ich die Eiseskälte nicht, von der ich dann umweht bin. Ich bin ein klarer, über den banalen Dingen schwebender Kopf.

Daraus entstand bei Beckmann das große Welttheater, Gemälde, Radierungen, Zeichnungen, die ich damals als Studentin nicht fassen konnte, die mir aber auf eine unerklärliche Weise vertraut schienen. Ich dachte, er hätte eine überbordende Vorstellungskraft, aber er malte auch nur einfach das, was er gesehen hatte, in seinem Zwischenreich. Und er spielte Saxofon, wie ich erst kürzlich festgestellt habe, wie ich jetzt auch!

Kürzlich, also mehrere Jahre nach Beendigung der Therapie, nutzte ich die Gelegenheit, bei dem Schlüsseldienst vorbeizuradeln, der Dr. Sigismunds Praxis benachbart ist. Ich war auf dem Weg zu meiner Schneiderin Ayla, hatte also einen Vorwand, mich in dieser Ecke der Stadt herumzutreiben. Schon beim Losfahren zu Hause am Tor vom Carport gab es einen Moment des Zögerns, welchen Weg ich jetzt nehmen musste und dann das freudige Erkennen, dass ich einfach „den Weg" nehmen konnte, die unzählige Male geradelte Strecke zu Dr. Sigismund, die sich nun voll freundlich vertrauter Reminiszenzen gab. Ich radelte, als würde ich zu einer Begegnung mit Dr. Sigismund fahren, und als ich mein Fahrrad an der Stange beim Schlüsseldienst anschloss, sah ich sogar sein Fahrrad daneben.

Ich war einige Zeit zuvor schon mal am Schlüsseldienst vorbeigefahren, da war das silbrige Rollladentor heruntergelassen gewesen, mitten in der Woche. Jetzt sehe ich erfreut, dass er offen hat – habe ich's mir doch gedacht.

Ich betrete den Laden, die automatische Türe hat sich brav für mich geöffnet, und bin einfach direkt in meinem Zwischenreich, als gäbe es das in der physischen Realität. Der Schlüsseldienstmann verhält sich dementsprechend wunderlich und ignoriert meine Anwesenheit erst einmal, obwohl wir beide wissen, dass er mich bemerkt hat. Mit Hingabe versucht er, eine Zierschnalle an ein kleines Paar Ballerinas anzukleben, die sind von Rieker, ich sehe die Schrift auf der Sohle. Erst als das anscheinend funktioniert und er sein Werk mit einer Klammer gesichert hat, blickt er auf und schaut mich über den Rand seiner schiefen Brille hinweg an. Ich meine, dass er leise schmunzelt. Er nimmt schweigend den Schlüssel entgegen, den ich ihm hinhalte, zwei Ersatzschlüssel möchte ich haben.

Er sucht den passenden Rohling heraus und sagt dann: „13 Euro 90." Ich antworte: „Ja, zwei Stück bitte", „zwei?", „ja". Das findet er offensichtlich übertrieben, aber macht es wie verlangt.

Von vorne, als er mich das erste Mal angesehen hat, hat er wie ein sorgfältiger Handwerker ausgesehen, jetzt, im gebeugten Profil sehe ich nur sein zum Zopf gebundenes Oberhaar über vor ein paar Tagen rasierten Seiten, jetzt ist er doch der rumänische Feuerschlucker.

Immer noch still begeistert von der Intensität der Zwischenreichlichkeit schaue ich mich um. Wäre ich ein Pferd, hätte ich weit geöffnete Nüstern, um alles aufzunehmen. Es ist – logisch – die Erinnerung an das großelterliche Kurzwaren-Geschäft, die hier zu mir spricht. Die Wand mit den unendlich vielen Schlüsseln gegen unsere Reihen von größeren und kleineren Knöpfeschachteln, wenig Werbung, wenig Ausgestelltes, alles eng gestapelte und geschichtete Ware und der leicht muffige Geruch nach alten Pappschachteln. Die umlaufende Theke mit den Glasschaukästen, die man bestimmt auch hier wie eine Schublade rausziehen kann, trennt streng zwischen dem Kundenbereich und dem ins Private führenden des Ladenbesitzers.

Ich hebe meinen Blick und sehe durch eine aufgeschobene Tür in den hinteren Raum mit einem Fenster zum Hof und einer mit Kartons einigermaßen vollgestellten Treppe in den Keller. Ich könnte jauchzen und schmunzeln zugleich. Was ein Ort! Der Raum in der dunklen Tiefe, zugleich bei Dr. Sigismund, mitten in einem der zentralen Räume meines

Zwischenreichs und dann noch voller Reminiszenzen an die Kindheit.

Tage später, ich bin zurück im pfälzischen Reich und bin geplagt von der doppelten Erschöpfung, Nach-Bestrahlungs-Fatigue oder Borreliose-Antibiotikum-Schwindel, ich kann es nicht auseinanderhalten. Direkt nach dem Frühstück muss ich mich gleich wieder hinlegen, aufs Sofa jetzt, ich schließe die Augen und, wie herbeigerufen, sehe ich diese Kellertreppe und gehe sofort runter. Ein Gang, so lang, dass er ins Dunkel verschwindet – in gefühlt jedem zweiten Fernsehkrimi laufen die Kommissare solche Gänge entlang – viele Räume kann ich erkennen, alle leer. Aber in einem, gleich rechts, steht der berühmte 18-Schubladenschrank und die Schublade mit dem Gold, zweite Reihe von rechts, zweite Reihe von oben, leuchtet gelbgolden. Ich muss den Schatz nicht mehr suchen, er hat sich mir offenbart.

Noch ein Nickerchen später schwebt im gegenüberliegenden Kellerraum die chemische Formel eines meiner Krebsmedikamente, es ist eine Mischung aus einer zerfressenen Schullandkarte und einer von diesen Projektionen, die uns K. I. vorgaukeln sollen.

Der Goldschatz, den ich aus meiner Kindheit gehoben habe, und die wissenschaftliche Kraft der Medizin, die mich, wenn nicht heilt, so doch ganz gut am Leben hält. Sprechende Bilder. Ich lieb's.

Damit, dass ich absichtsvoll an so einen Ort zurückkehre, provoziere ich Ereignisse, in diesem Fall eine selten gewordenen Rückkehr ins Zwischenreich. Ich gestalte hier nicht, aber ich setze Gestaltung in Gang. Die Art, wie ich das Zwischenreich in mein Leben integriere, wie ich diese Szenen deute und weiterentwickle, führt aber zu Entscheidungen, die dann doch andere Wege öffnen. Immer wieder kommt mir da ein Abschnitt aus „Die unerträgliche Leichtigkeit des Seins" in den Sinn. Es geht darum, dass eine historisch bedeutsame russische Persönlichkeit, nicht die große Katharina, wie ich in meiner Ignoranz dachte, sondern Anna Karenina, sich am Ende des Buches vor den Zug wirft und damit eine Szene am Anfang des Romans aufnimmt, in der sich auch jemand vor den Zug wirft. Was ich von Kunderas Gedankengängen behalten habe, ist, dass wir unser Leben wie einen Roman, oder sagen wir bescheidener: wie ein Buch gestalten, und versuchen, eine Logik hineinzubringen, nach der wir dann leben. – Oder sterben, wie Anna Karenina.

Ich habe die Stelle in Kunderas Roman gesucht und dann schließlich auch gefunden, und an die Diskussion über das Romanhafte schließt sich noch etwas an:

„Es ist komponiert wie ein Musikstück. Der Mensch, der vom Schönheitssinn geleitet ist, verwandelt ein zufälliges Ereignis (eine Musik von Beethoven, einen Tod auf einem Bahnhof) in ein Motiv, das er der Partitur seines Lebens einbeschreibt. Er nimmt es wieder auf, wiederholt es, variiert und entwickelt es weiter, wie ein Komponist die Themen seiner Sonate transponiert. Anna hätte sich das Leben auch anders nehmen können. Doch das Motiv von Bahnhof und Tod, dieses unvergessliche, mit der Geburt ihrer Liebe verbundene Motiv, zog sie im Moment der Verzweiflung durch seine dunkle Schönheit an. Ohne es zu wissen, komponiert der Mensch sein Leben nach den Gesetzen der Schönheit, sogar in Momenten tiefster Hoffnungslosigkeit."

Auch ich schreibe meine eigene Geschichte beständig fort und auch bei mir ist jetzt Musik drin.

Väterlicher Ischias

Ich finde mich ganz gut zurecht in meinem analyselosen Leben. So soll es ja sein, dass man ein Stück weit gelernt hat, sich selbst zu therapieren. Das klappt mal besser und mal schlechter, ich kann das immer daran feststellen, wie sehr ich mich nach Dr. Sigismund sehne oder wie sehr er in Vergessenheit gerät. Das Tagebuch verstaubt in einer Ecke und ich bin beschäftigt mit der körperlichen Seite. Lange Zeit habe ich die Wahl zwischen Sodbrennen und Gelenkschmerzen, weil die Mittel, die gegen Ersteres helfen, Zweiteres verursachen. In dieser Not finde ich zu einer chinesischen Wunderheilerin, die weder eine Chinesin noch eine Wunderheilerin ist, aber Ehre, wem Ehre gebührt. Sie dreht meine Ernährung ins Grüne und soll mir dann auch beim Ischias helfen.

Dieser Schmerz hatte schon Jahre zuvor den Ausstieg aus der Firma befördert, und sich danach schnell gebessert, „Die linke Seite ist nicht mehr die schmerzende, abgekoppelte Seite. Nicht mehr das Gefühl, als würde das linke Bein nur wie bei einer Marionette an Fäden an der Hüfte dranhängen", hatte ich meinem Tagebuch anvertraut.

Jetzt war er zurück und so fuhr ich zu ihr durch das Neckartal meiner studentischen Vergangenheit und bog in eine wenig magische Straße ab, um in ihre helle und klare Praxis zu gelangen. Es sollte zum ersten Mal eine Shiatsu-Massage geben und in meiner nachhaltigen Naivität erwartete ich Wellness.

Zur Einstimmung lässt sie mich herumlaufen und beobachtet meinen Gang. Dann setzt sie mir ein Reissäckchen auf den Kopf, fasst mir zart, aber bestimmt an den Rundrücken und will mich zur aufrechten Haltung bewegen. Ich kann es, aber von links hinten kommt die schwarze Hex' und sagt: „Du musst dich kleiner machen, so kriegst du keinen ab, so will dich kein Mann…", und die Männerköpfe, die um meinen Kopf kreisen, bleiben imaginär, sie würden mich nicht finden, wenn ich mich nicht klein mache und wegducke. Es kullern die Tränen. Ich bin so angefasst, buchstäblich, von einer überwältigenden Trauer für dieses kleine Mädchen, das sich für immer ducken muss. „Wo sitzt das, das Sie so zusammenkrümmt?", fragt sie und ich suche nach dem Ort, an dem es sich zusammenzieht. Es ist ein bisschen über dem Solarplexus, die genaue Stelle kann ich nicht beschreiben. „Im Kern", sagt sie dann. „Im Kern" schreit mein wundes Herz. Schon bevor ich auf der Liege Platz nehmen kann, bin ich komplett überwältigt von dem, was hier gerade mit mir passiert und mit welcher Wucht es aus den tiefsten Tiefen hervorbricht. Das gehört nicht in die Praxis einer Heilpraktikerin, das ist nicht Teil der Rolle, die ich für sie vorgesehen habe. Ich schaffe es immerhin, mich überraschen zu lassen.

Dann liege ich da und lausche darauf, was es mit der Shiatsu-Massage auf sich hat, und während ich noch denke: „Och, das ist aber gar nicht so spannend, wie ich gedacht habe", steige ich nach langer Zeit wieder hinab ins Zwischenreich. Ich stehe vor dem Küchenfenster im Karwinkel, die Stelle, an der mir der Weg raus mit einer Dornenkrone versperrt war, die Stelle, an der mein Vater sich in einen bunten Gockel verwandelt hatte, und die Ecke, an der wir Onkel Peter einmal morgens im Glashaus schlafend vorgefunden hatten, weil er in seinem Suff die Haustüre nicht aufschließen konnte. Die Wirklichkeiten in meiner Vergangenheit sind schon lange nicht mehr an „echte" Erinnerungen gebunden.

Durch das Küchenfenster sehe ich Onkel Peter, also bin ich jetzt in studentischen Zeiten? Sind die Großeltern weg? Aber der Raum vor der Küche ist weit und offen, sein Carport fehlt, die Chronologie ist aufgelöst. Ist das der Verlust der linearen Zeit, der vielleicht darin enden könnte, dass alles ineinander verschmilzt und es am Ende keine Vergangenheit und keine Zukunft mehr gibt, sondern alles in eins fällt?

Von oben vom Balkon fällt Asche in weiten Bögen, als wären es die Glitzerlichter eines Feuerwerks. Und dann steht er plötzlich vor mir, ein humpelnder alter Mann, stützt sich mit seinen O-Beinen auf einen Stock. Alt ist er aus der Sicht einer kindlichen Steffi, in Wirklichkeit ist er eher so alt wie ich jetzt. Sofort klickern die Möglichkeiten. Eine Kriegsverletzung? Hatte nicht Onkel Konrad oder Willy was am Bein? Ist das ein Fremder, irgendein Bekannter von Gustl und Luise? Er kommt auf mich zu, will mit mir reden, aber nicht gleich losschlagen, wie in einer Zeichnung aus Onkel Willys Sammlung, an die ich denken muss. Der humpelt nicht mal, weiß nicht, wieso der sich jetzt hier einmischen muss.

Also, der ist es definitiv nicht und ein Fremder kann es auch nicht sein, denn das Humpeln ist mein Ischias-Schmerz, der nicht gehen will, also muss er mit mir verwandt sein. Mein Opa, der Gustl, ist als alter Mann mit Stock gegangen. Ich habe noch einige von seinen Stöcken, die sind sehr schön, sein Geschmack und Sinn für Mode zeigt sich auch da.

Der ist es aber auch nicht, sagt mein Rücken. Es ist auf jeden Fall ein Mann, es ist nicht Eva Schwesterherz, und jetzt verstehe ich, warum ich auf die Fragen der Heilerin nach den Hintergründen meines Ischias immer wieder gezögert habe, diese Vermutung auszusprechen. Ich war einfach davon ausgegangen, dass der Schmerz mit meiner Schwester zusammenhängt, weil ich beim Pilates gefühlt jahrelang an ihre Rückenmetastasen angedockt hatte, und mich in dieser Stunde in ihren Schmerz begeben hatte, unausweichlich, aber gleichzeitig mit einem leisen Zynismus des Als-würde-das-was-helfen, aber ich war vor dieser Assoziation zurückgescheut. Jetzt weiß ich auf warum: Weil sie nicht stimmt. Aber wieso ein Mann? Was sagt das über meinen Ischias-Schmerz aus, wenn er sich in einem humpelnden, alten Kerl verkörpert?

Meines Vaters Schlaganfall wurde ausgelöst, so erzählt es die Geschichte, durch eine Thrombose, die ins Hirn gewandert war. Ich erinnere mich, wie er im Sommer zuvor auf dem Sofa saß und sein – wohl schmerzendes – Bein massierte. War es etwa auch das linke? Wäre das ein Argument, dass mein Ischias etwas mit ihm zu tun hat, mit seiner Krankheit? Habe ich seine Schwachstelle übernommen? Oder ist das alles viel zu weit hergeholt? Geht es gar nicht um einen Menschen außerhalb von mir sozusagen, sondern um einen Aspekt meiner Selbst? Und der wäre? Ich weiß es nicht. Wie so oft im Zwischenreich, gibt es erst mal keine Auflösung des Rätsels. Vielleicht braucht es gar keine?

Ich stehe immer noch unter dem Balkon und meine Brille ist mittlerweile beschlagen vom Aschestaub, aber ich kann doch hoch oben unter dem Dach das kleine halbrunde Speicherfenster sehen und dort wartet der Trost meiner jetzigen Welt.

Nachdem Micha alle Stühle aus dem Speicher in den ehemaligen Laden geräumt hatte, hatte er die Muse gefunden, die wunderschöne Christbaumkugel, die mit dem goldenen Vögelchen drin, in dieses Fenster zu hängen. Er brachte damit die spielerische Leichtigkeit der Realität in die wüste Zeit der Hausräumung. Das Fensterchen nahmen wir mit ins Reich Wahrbachien und nun steht es im Wohnzimmer an ein Fenster gelehnt herum und ist für immer mit dieser Szene verbunden.

Aber die Geschichte ist hier noch nicht zu Ende. Bei der nächsten Shiatsu-Massage erspürte ich eine Leere im Bauch, wieder gespiegelt durch ein Bild, das nicht das deutlich machte, was meine Erinnerung darin gesehen hatte. Es fühlte sich an, als wäre zwischen den Narben meines Thorax und dem Ischias-Schmerz nur leerer Luftraum und nur die Reihe der

Wirbel überbrückte den Hohlraum zwischen Ober- und Unterkörper.

Während ich auf der Massageliege diese Leere zwischen ramponiertem Thorax und Ischias-Schmerz-geplagter Hüfte zu beschreiben versuchte, entstand die Imagination eines ersten Halts. Ich sah und spürte eine Metallstange in mir, mit Ösen an den Enden, die sich am Schmerz andockten und – natürlich auf der linken Seite, wo sonst – eine erste Stütze herstellten, in der mein Bauch sich wieder mit Spüren füllen könnte.

Diese Stange ist in meinem Inneren, dort, wo keine Stangen hingehören – und auch keine Drainage-Schläuche, nebenbei bemerkt – sie stabilisierte mich, aber ich wollte sie nicht wirklich dahaben, eine innere Krücke, und doch ein Fremdkörper.

Die Wunderheilerin fragte, ob das Metall nicht auch Gold sein könnte, und ich musste innerlich ein bisschen grinsen darüber, wie schlau sie war, und prompt verwandelte sich das graue, kalte Metall in schmiegsames und warmes Gold.

Sie empfahl mir ein Buch über Imagination, in dem es hieß, man könnte den Krebs besiegen, wenn man sich bei der Chemo vorstellen würde, wie die gestärkten T-Zellen ihre Arbeit verrichteten. Ich war sehr empört, weil es uns alle, die wir den Krebs eben nicht besiegen können, zu Versagern erklärt. Es mangelt uns an Imagination und deswegen sind wir in unserer Unfähigkeit auch noch selbst schuld. Aber ihr zuliebe bemühte ich doch meine Vorstellungskraft. Und prompt lösten sich aus der Stangenkrücke winzig kleine Goldkügelchen, die ganz quecksilbrig auf meine kleine Lungenmetastase zu schwammen und begannen, sie zu verspeisen. Die Goldstange löste sich auf und die Leere füllte sich, immerhin.

Am Glashaus

Die Traumszenen veränderten ihren Ort. Zuerst waren sie im Haus verortet gewesen, dann wanderten sie immer weiter in den Garten, ließen mich nicht raus aus dem Karwinkel und am Ende verweilte ich in dem kleinen Vorgarten, dort, wo das Glashaus war, durch das man ins Haus gelangen konnte.

Ich hatte Annelie Sands „Ich bin der Rede wert" gelesen, dieser Titel möchte hier explizit genannt werden. Annelie beschreibt eine Szene, in der sie draußen im kalten Schnee vor dem Fenster steht und innen in der Wärme, in hellem, gelben Licht die ganze Familie versammelt ist. Keiner hört oder sieht sie, keiner vermisst sie.

Direkt, als ich das gelesen hatte, sah ich mich vor Omas Glashaus stehen, mit Blick auf dieses Fenster im Gang, das immer den Eindruck erweckt hatte, als wäre es nur deswegen dort platziert worden, damit man von erhöhter Warte aus die sehen konnte, die zu Besuch kommen wollten. Den Fenstergriff drehen, eine Seite des zweiteiligen Fensters öffnen und fragen, was der will, der da im Vorgarten steht. Vielleicht ein Unbekannter oder ein Störenfried. Vor diesem Fenster stand ich also und sah das Licht im Haus, hörte den Onkel im Gang hinter der Haustüre sich mit jemand unterhalten und fand es ganz gemütlich da draußen. Ich wollte gar nicht mehr so dringend zurück.

Außerdem hatte ich ja Gesellschaft gefunden an diesem Ort. Mein wunderschöner Depressionshund in silbrig schimmernden Dunkelgrau lag schlafend, eingerollt wie eine Katze, in seinem Korb. Seidiges, langes Fell, anmutiger als ein Schäferhund, wie ein Windhund, aber nicht gar so dürr geraten.

Gebracht hat ihn mir Ralph, der früher mal Kollege war und dann sich als Kollege in der Depression entpuppt hatte. In Coronazeiten skypten wir immer wieder mal und dabei erzählte er mir vom schwarzen Hund, der nicht nur für Charlie Chaplin und Winston Churchill das Symboltier für die Krankheit gewesen war. In der Nacht nach diesem Gespräch tauchte das Tier prompt in meinen Träumen auf und fand dann aus einem undefinierten Raum schnell den Weg ins Glashaus. Entgegen meinen Traumszenen, die sich vor mir öffnen, wenn es Zeit dafür ist, konnte ich den Hund rufen (also nicht laut natürlich) und dann kucken, wo er sich gerade herumtrieb.

Einmal hatte sich die Türe in Oma Haus noch geöffnet, mit Hilfe von Dr. Sigismund, der seinen rollenlosem Rollator aus ungehobelten Dachlatten dagegen rammte, um mir den Weg in die Kindheit zu erlauben, und kurz darauf hatte sie sich wieder geschlossen und um noch mal reinzukommen, musste ich mich leise am dunklen Hund vorbeischleichen. Schon da machte er mir keine Angst. Er schlief friedlich, ich bewachte seinen Schlaf und wartete neugierig, wie wir miteinander zurechtkommen würden, wenn er denn aufwachte. Ich blieb bei ihm und wollte schon wieder nicht ins Haus.

Dann lese ich einen Artikel über uns Kriegsenkel, wieder einmal in der ZEIT natürlich: „Denn wer als Kind nicht gesehen wurde, entwickelt keinen Blick für sich selbst" ist der Titel, das genügt mir fast schon fürs Erste und ich muss gleich kucken, wo der Hund ist. Am Morgen war er schlafend im Glashaus gelegen, dann hatte ich, aufgewühlt von dem Artikel, vor die Tür gemusst. Als ich dann vor Energie strotzend, den Eschenauer Wunnerhügel runtergelaufen kam, war er aufgestanden, hatte sich geschüttelt und war rüber getrottet zum anderen Hauseingang, zum Anbau. Das war vielleicht der Ort, zu dem er zurückkehren musste.

*

An der vorderen Ecke von Omas Hausteil. Die kleine Steffi, jetzt könnte es mal wirklich die Fünfjährige sein, trägt ein dunkles Wollmäntelchen und kommt vom Garten her Richtung Glashaus eingebogen.

Ich, die jetzige Steffi, stehe an den Lindenbaum gelehnt und beobachte mein kleines ernstes Ich, an genau dieser Stelle, an der ich immer versuche, mein sich kristallisierendes Ich-Gefühl zu packen und es nie so richtig zu greifen bekomme.

Die kleine Steffi hat den Schlüssel zum Haus bekommen und will ihn jetzt ausprobieren. Beim Um-die-Ecke-biegen bekuckt sie ihn, wie er in ihrem geöffneten Händchen liegt. Sie geht die Stufen zur Haustüre hoch, rechts neben der Türe liegt der schlafende Hund, der sie zwar bemerkt, sich aber nicht für sie interessiert. Und sie will von ihm nicht

gestört werden. Diese Geschichten sind mit Fortsetzung.
Gestern noch endete die Szene hier und jetzt kann ich in sie
hineinschlüpfen, den Schlüssel im Schloss drehen und die
Türe öffnen. Es ist still im Haus, dunkel, aber hell genug,
dass ich meine Jacke an der Garderobe aufhängen kann,
den Schlüssel auf den Schuhschrank (es ist der aus den
70ern mit den wechselfarbigen Klappen und den abgerunde-
ten Aussparungen anstelle von Griffen) legen. In welche
Räume ich wohl eintreten werde? Onkel Peters bayerische
Holzmöbel? Sepps immer wie halb ausgeräumt wirkende
WG-Räume? Keine Sorge, es ist natürlich Omas Küche von
damals, als ich fünf war und noch dort wohnte. Nur bin ich
jetzt erwachsen und betrete einen düsteren Raum in nächtli-
cher Stille.

Draußen ist es tiefe Nacht, der Mond scheint, kein Auto
durchbricht den groß gewordenen, gespannten Raum der
Stille. Noch einmal stehe ich in diesem vergangenen Raum,
den es schon lange, bevor das Haus abgerissen wurde, nicht
mehr gab. Das ist es also, was ich als Fünfjährige verloren
habe: die Geborgenheit bei Oma und Opa, als wir in den
neuen, kalten Hausteil gezogen sind. Natürlich waren wir
nur auf der anderen Seite des Hauses, aber die Geborgenheit
war zerbrochen.

Später, nachdem die Tränen der Erkenntnis getrocknet
sind (dass sie alle schon lange gegangen sind und ich jetzt
die große Freiheit habe, auch zu gehen, dies alles hinter mir
zu lassen und endlich erwachsen sein zu dürfen), sitze ich
am Küchentisch. Ich trage diesen dunkelgrauen Mantel,
mit dem ich als Teenager auf meinen nächtlichen Spazier-
gängen die Frauen verschreckte, die von der letzten S-Bahn
nach Hause liefen. Die hielten mich wohl für den bösen

schwarzen Mann. Der Mantel hat sich allerdings in einen schicken anthrazitgrauen Kurzmantel für vielbeschäftigte Geschäftsfrauen und Mütter gewandelt. Da sitze ich, schaue immer wieder mal zum Fenster in die Nacht hinaus und schreibe ebendies in ebendieses Büchlein. Ich bin da und ich bin eins mit mir und der Fünfjährigen, genannt Blünsi, die den Schlüssel zu mir in der Hand hatte.

Die Szene fühlt sich an wie eine typische letzte Filmszene, wenn all das Drama und die Action vorbei sind und der Regisseur uns und seine Figuren zur Ruhe kommen lässt und wir sehen dürfen, dass alles gut wird.

Der Film ist aus, ich fühle mich, während ich in Wirklichkeit tränenüberströmt in der Badewanne liege, so dermaßen erfrischt und gesund, dass ich mich frage, ob man das nicht auf dem nächsten CT sehen muss.

Dann verlasse ich Omas Haus, schließe ordentlich ab und werfe einen Blick auf den grauen Hund. Kann ich ihn hierlassen? Da verwandelt er sich in Aquarell, aus dem eingeringelt Schlafenden wird eine hellgraue Schneckenspirale, die ich an den Rändern aufgeschnitten habe. Es ragt schräg in die Luft, ich soll es nehmen. Soll ich?

Na ja, back in reality, werde ich es wohl machen, denke ich mir. Jetzt bin ich frei, ich kann gehen, wohin ich will, machen, was ich will, und mein so lange so schmerzgeplagter Körper trägt mich schwingenden Schrittes in die wahre Küche, dort wo die realen, süßen Schokoladen auf mich warten.

*

Einmal noch zieht es mich zurück ins Glashaus und ich setze mich auf eine Treppenstufe. Ich habe das Handy in der Hand und chatte mit Micha, dass er mich abholen kommt, und dann steht sie vor mir, die fünfjährige Steffi, abwartend. Unsere Mäntel sind aus demselben Stoff, Klein-Steffis Mäntelchen mit den drei großen Knöpfen und mein schicker Business-Kurzmantel. Aus demselben Stoff genäht, so wie in „aus demselben Holz geschnitzt". Ich biete meinem kleinen Selbst den Platz neben mir auf der Treppenstufe an, sie setzt sich neben mich, immer noch still und abwartend.

Ich spüre, dass Micha vom alten Dorf her die Straße entlangkommt, und wir stehen auf. Klein-Steffi legt ihre Hand vertrauensvoll in meine und so gehen wir beide nebeneinanderher. Die Tatsache, dass sie in mir jemanden gefunden hat, der ihr fürsorglich und freundlich zugewandt ist, treibt mir die Tränen in die Augen.

Wir lassen das Karwinkel hinter uns, das nur noch eine leere Hülle ist. Hinter der Fassade ragen Reste des Dachstuhls in den Himmel, und von den Wänden kann man kaum die Grundmauern erkennen, genau wie auf den Fotos, die ich vom realen Abriss habe.

Im Gegenlicht erkennt man nur unsere Silhouetten, und wie in den alten Charlie-Chaplin-Filmen, the Kid vielleicht, werden wir immer kleiner, bis die Blende sich hinter uns schließt.

Literaturverzeichnis

Beckmann, Max. Tagebücher 1940-1950. 1987

Brecht, Bertolt. Geschichten vom Herrn Keuner. 1959

Carrol, Lewis. Alice im Wunderland. 1865

Craven, Margaret. Ich hörte die Eule, sie rief meinen Namen. 1973

Domin, Hilde. Sämtliche Gedichte. 1964

Kundera, Milan. Die unerträgliche Leichtigkeit des Seins. 1984

Lohre, Matthias. Denn wer als Kind nicht gesehen wurde, entwickelt keinen Blick für sich selbst. Die ZEIT vom 13. April 2016

Sand, Annelie, Janssen Paul L. Ich bin der Rede wert: Dialog über eine Psychoanalyse. 2019

Schulte-Markwort, Michael. Die Töchter wollen nicht so ein Leben wie ihre erschöpften Mütter. Interview, Süddeutsche Zeitung Magazin, 05. Dezember 2022 (Pippi-Langstrumpf-Zitat, S. 93)

Ich möchte noch drei Bücher erwähnen, auf die ich mich nicht explizit beziehe, die aber zum Gelingen meines Buches – jedes auf seine Art – beitrugen: Uwe Timm gab mir mit „Alle meine Geister" den Mut, meine Beschäftigung mit der Literatur in mein eigenes Buch mit hineinzunehmen. Mariana Leky beruhigte mich, weil sie mir zeigte, dass ein Buch keine 200 Seiten dick sein muss und mich damit über die Zeit rettete, in der ich dachte, dass das, was ich zu sagen habe, für kaum mehr als 100 Seiten reichen würde. Und zu guter Letzt Benedict Wells mit „Die Geschichten in uns", der mich über alle Phasen informierte, die nach dem eigentlichen Schreiben auf mich zukommen würden und ich deshalb nicht ganz unvorbereitet in sie hineinschlitterte.